親愛하는 고객님

친愛하는 고객님

1판 1쇄 찍음 2015년 6월 3일
1판 1쇄 펴냄 2015년 6월 10일

지은이 | 크로키
펴낸이 | 고운숙
펴낸곳 | 봄 미디어

기획·편집 | 손수화, 정수경, 박혜진

출판등록 | 2014년 08월 25일 (제387-2014-000040호)
주소 | 경기도 부천시 원미구 소향로17, 304(두성프라자) (우)420-864
영업부 | 070-5015-0818 편집부 | 070-5015-0817 팩스 | 032-712-2815
E-mail | bommedia@naver.com
소식창 | http://blog.naver.com/bommedia

값 7,000원

ISBN 979-11-5810-066-7 03810

친愛하는 고객님

크 로 키   중 편   소 설

contents

※ " "는 한국어, 「」는 러시아어입니다.

고객님의 뜻대로

새벽 5시 20분.

꽤 이르게 눈을 떴다고 생각했는데 세상은 이미 바쁜 아침을 맞이한 모양이었다.

부스스 몸을 일으킨 경호는 문틈으로 스며드는 해장국 냄새에 이끌리듯 방문을 열었다. 아래층과 연결된 계단으로 향하는 걸음이 무거웠다.

간밤의 기억이라곤 대리기사의 부축을 받으며 현관 앞까지 걸어온 것이 전부였다. 복도의 불빛은 흐릿했고, 바닥을 딛는 감각은 없었다.

어떻게 다리를 움직여야 하는지조차 잊어버린 것처럼 술

에 절어 문을 연 순간……

"일찍 일어나셨네요? 속은 어떠세요?"

들려왔던 여자의 목소리.

멈칫한 경호가 주방으로 눈을 돌렸다.

"준비하고 나오세요. 식사하셔야죠."

무심한 눈초리로 그를 바라보며 말을 이은 여자가 그대로 고개를 돌렸다. 무얼 하고 있는 건지 꽤나 분주해 보이는 여자의 태도에 경호 역시 더 지체하지 않고 걸음을 떼었다.

아마도 새벽 2시쯤이었을 것이다. 그 시간에도 여자는 아주 단정한 태도로 그를 기다리고 있었다. 왜 이렇게 늦었는지, 왜 이렇게 많이 마셨는지 묻지도 따지지도 않았다. 그를 부축해 침대에 눕히고 벗겨 낸 재킷을 든 채 불을 끄고 방을 나간 것이 전부였다.

그리고 어김없이 아침을 준비하고 있었다.

처음 아침상을 받았던 날, 아침을 먹는 게 익숙하지 않다고 말했던 것 같은데 여자는 아무것도 못 들은 사람처럼 이튿날에도 식사를 준비하고 기다리고 있었다.

그렇게 시작된 작은 실랑이는 어느 순간부터 그가 이 상황에 적응하는 것으로 막을 내렸다.

뼛속까지 한국인인 그가 갓 지어 낸 밥에 담백하고 개운한 국물과 정갈한 반찬들로 이루어진 아침상을 외면하기란 쉬운 일이 아니었다.

아니, 애초부터 딱히 외면해야 할 이유가 없었음을 경호는 얼마 지나지 않아 깨닫게 되었다.

말끔해진 모습으로 드레스룸에 들어선 경호는 주르르 걸린 드레스 셔츠들 중 푸른 줄무늬 셔츠를 집어 들었다. 이어 룸 중앙의 아일랜드 서랍장으로 눈을 돌린 그의 입에서 작은 탄성이 튀어나왔다.

"제법이네."

미리 준비한 듯 다소곳이 놓인 회갈색의 헤링본 코트와 처음 보는 푸른색 페이즐리 무늬의 넥타이 조화가 새로웠다. 자칫 나이 들어 보일 수 있는 아이템을 이렇게 매칭해 낼 줄이야.

지나는 말로 포멀한 슈트 차림만 고수하는 게 좀 지겹다고 했던 걸 기억했다는 사실도 놀라웠지만, 그 절묘한 센스에 더 놀랐다.

경호는 일말의 고민도 없이 준비된 옷을 갖춰 입었다. 드레스룸을 나서는 그의 걸음은 한결 가벼워져 있었다.

그가 주방에 모습을 드러내자마자 여자는 기다렸다는 듯이 상차림이 끝난 식탁 위에 뜨겁게 김이 오르는 국그릇 하나를 내려놓았다. 그리고 작은 쇼핑백을 식탁 한쪽에 올려두었다.

"그럼 식사하시고, 이건 도시락이요."

"도시락은……."

"필요 없다고 하셨지만, 제 마음이 그렇게 되지 않네요. 달리 점심 약속 없으면 드시고, 아니면 그냥 버리세요."

어딘지 섬뜩한 소리를 아무렇지 않게 내뱉은 여자는 몸을 돌려 주방을 나섰다.

벌써 이 대화를 나눈 것도 수 번이었다. 그리고 오늘도 결국 도시락을 먹게 될 것이다. 그대로 되돌려 준 첫날과, 점심 약속 때문에 어쩔 수 없이 버리며 괜히 찝찝한 기분이 들었던 둘째 날을 제외하곤 꼬박꼬박 그녀에게 빈 통을 건네줬으니까.

그런데 이 모든 일이 그다지 싫지가 않았다.

낯선 이를 집에 들였는데도 놀랍도록 조용했다. 아니, 오히려 혼자일 때보다 평온하고 편안했다. 집 안은 깨끗했고 음식도 맛있었다. 필요한 것은 무엇이든 손이 닿는 곳에 있었고, 그녀는 그의 말 한마디조차 허투루 넘기지 않았다.

게다가 상상을 뛰어넘는 패션 센스까지.

이쯤 되면 이 여자가 못하는 게 무엇인지 궁금해질 지경이었다. 기존에 있던 아주머니도 나무랄 데 없는 솜씨였지만, 이 여자는 이상하리만치 특별했다.

그래. 그녀는 아주 특별한 여자였다.

"어, 잠시만요."

출근하는 그를 현관 앞까지 나와 배웅하던 여자는 이번엔 아무렇지 않게 손을 뻗어 그의 넥타이를 매만졌다. 갑작스러운 스킨십에 움찔한 건 그뿐이었다.

어딘지 모르게 굳은 그의 얼굴 앞에서도 차분하게 제 할 일을 마친 그녀는 마치 고객을 대하듯 환하고 건조한 미소를 지어 보였다.

"다 됐어요. 옷이랑 넥타이는 마음에 드셨나 봐요."

"나쁘지 않았어."

"다행이네요. 참, 오늘은 제가 집에 돌아가는 날이에요. 저녁때 아주머니 오시게끔 해 두었어요. 혹시 무슨 일 있으면 연락하시고요."

"그러지."

왠지 목덜미가 가려운 느낌에 가만히 옷깃을 매만지던 경호가 짧게 대꾸하곤 몸을 돌렸다. 스쳐 가듯 본 그녀의 얼굴엔 여전히 고객을 향한 철저한 직업 정신으로 무장된 미소가 떠올라 있었다.

저 미묘한 거리감에 불쾌감을 느끼는 것 역시 그 자신뿐이리라.

말없이 걸음을 옮기는 그의 등 뒤로 여자의 맑은 음성이 이어졌다.

"그럼, 월요일 아침에 다시 뵙겠습니다."

워커홀릭 한경호의 3년 계약 시한부 아내, 우세영.

왠지 그녀의 완벽한 '고객님' 모드가 거슬리기 시작했다.

이혼해 주세요

4월 말. 한국이라면 봄이 완연할 때였지만, 모스크바는 갑작스러운 기온 변화가 한창이었다. 며칠 전까지 도로 구석에 눈이 단단히 얼어 있었는데 어느덧 녹아내리다 못해 따가운 햇볕이 내리쬐기 시작했다.

하지만 이 놀라운 날씨 변화도, 현재와 과거가 공존하는 매혹적인 건축물과 이국적인 거리의 풍경도 그의 흥미를 끌지는 못했다.

클래식한 세단이 셰레메티예보 공항을 향해 달리는 동안에도 경호는 무감한 표정으로 생각에 잠겨 있었다.

「이거 섭섭해서 어떡하죠? 적어도 오늘 하루는 가이드가 될 각오를 했었는데 말입니다.」

상념을 깬 건 활기찬 남자의 목소리였다. 그제야 경호는 엷게 미소를 지으며 옆자리의 남자를 바라봤다.

창백한 피부에 검은 머리카락, 잿빛 눈동자의 전형적인 러시아인 얼굴을 한 남자는 날카로운 인상과 어울리지 않게 아쉬움 가득한 눈을 하고 있었다.

업무 때문에 만난 사이지만, 지난 한 달간 유창한 러시아어를 구사하며 저를 상대한 날렵한 외모의 동양인이 꽤 마음에 드는 눈치였다.

「눈이 없는 모스크바라니, 사양하겠습니다. 성수기 관광을 위해 아껴 두는 게 좋겠지요.」

날씨나 주변 경관에 대한 이야기를 꺼낸 건 이번이 처음이었다. 일 외엔 무엇에도 관심이 없어 보이는 경호에게서 의외의 말이 튀어나오자 잠시 놀란 표정을 짓던 남자는 이내 크게 웃음을 터뜨렸다. 정중하고 위트 있는 거절이었다.

「하핫, 그렇군요. 그런데 왠지 또 여름에 뵐 것 같은 예감이 듭니다만.」

「그땐 크라브첸코 씨가 한국에 오시는 게 어떻습니까? 한국의 악명 높은 여름을 익사이팅하게 보내는 법을 알려 드리죠.」

「오! 그거 정말 기대되는군요.」

크라브첸코는 경호의 말에 담긴 속뜻을 알아채고 유쾌하게 웃었다.

세계적인 석유 회사인 러시아의 '로네프 오일'이 한국의 CL정유를 방문한다면, 그것은 이번에 맺은 협상의 결과 때문일 것이다.

필요에 의해 엮인 관계지만 상대에게 그 '필요성'을 어필하고 심어 주는 데에는 분명 한경호의 역할이 컸다는 걸 그는 매우 잘 알고 있었다.

'크게 될 사람이군.'

언젠가 더 높은 자리에 올라앉아 있을 남자의 모습이 쉽게 그려지는 건 기분 탓은 아니었다.

「가까운 시일 내에 꼭 뵈러 가겠습니다. 하하하…….」

즐거운 웃음과 함께 이어진 대꾸에 경호는 부드럽게 미소 지으며 고개를 끄덕였다. 비로소 모든 일이 끝나는 순간이었다.

'생각보다 오래 걸렸군.'

다시 차창 밖을 바라보는 경호의 눈매가 서늘하게 굳었다. 다소 불만스러운 자체 평가였지만, 아무도 그렇게 폄하할 수 없을 만큼 그가 해낸 일의 가치는 컸다.

IS(이슬람 무장단체)의 만행으로 인해 바뀐 세계정세의 흐름은 정유업계에 큰 타격을 끼쳤다.

많은 석유고를 보유한 IS가 석유 밀매로 활동 자금을 마련한다는 것을 파악한 미국와 유럽이 그들을 견제하기 위해 셰일가스를 싼 가격에 판매하기 시작하면서 국제 유가가 폭락한 것이다.

원유 가격의 폭락은 그것을 가공해 되파는 정유사의 수익 구조에 악영향을 미치기 마련이었다. 그 상황을 타개하기 위해 경호는 러시아산 원유를 주목했다.

여러 가지 리스크를 감수하고 셰일가스 못지않게 싼 가격으로 고품질의 원유를 수입할 수 있다는 보고서를 사장의 책상 위에 올린 것이 몇 달 전이었다. 그리고 오늘에서야 경호는 일을 성사시켰다.

'일단은 사무실부터 들러야겠지.'

이미 그의 머릿속은 다음 스케줄로 이어지고 있었다. 팀원들이 정리해 놓은 서류들이 책상 위에서 그를 기다리고 있을 것이다. 끔찍한 하드워커 팀장님을 욕하면서.

하지만 남들이 생각하는 것만큼 그는 일을 즐기지 않았다. 어렵고 힘든 일을 해치웠을 때의 성취감도 그에겐 다른 세상 이야기였다.

그는 일 외에 아무것도 생각하고 싶지 않을 뿐이었다. 그리고 피곤에 찌들어서라도 잠이 들고 싶을 뿐…….

모스크바 시내를 빠져나와 레닌그라드 고속도로를 달리

던 차량은 어느덧 공항 내로 들어서 비즈니스 라운지가 있는 E터미널의 입구에 멈춰 섰다.

차에서 내린 경호는 뒤따라 내린 크라브첸코를 마주 보며 손을 내밀었다.

「그동안 감사했습니다.」

「별말씀을. 그보다 미스터 한, 당신이 한 말 전 분명히 기억하고 있습니다. 벌써부터 한국 관광이 기대되는군요.」

「하하, 가자마자 그것부터 연구해 둬야겠군요. 그럼…… 아, 실례.」

갑작스럽게 들려온 벨소리에 경호는 인사도 채 마치지 못하고 양해를 구했다. 안주머니에서 휴대폰을 꺼내 든 그의 표정에 미묘한 감정이 떠올랐다.

"네, 할아버지."

그리고 이어진 말에 크라브첸코의 표정 역시 미묘해졌다. 사무적이고 냉철한 경호였지만 '할아버지'라는 단어를 내뱉는 그는 어딘가 사뭇 달랐다. 게다가 순간 떠오른 묘하게 부드러운 표정이라니.

"아, 지금 공항이에요. 죄송해요. 정신없이 바빴거든요. 그런데 이 시간에 웬일이세요? 거긴 한창 밤일 텐데……."

설마 애인인가? 별로 상상은 가지 않지만, 놀랍도록 다정하고 정감 어린 목소리라면 특별한 존재임에는 틀림없을 것이다.

"네? 뭐라고요?"

그런데 분위기가 또 달라졌다. 서늘하게 굳은 눈매는 그렇다 치고 저렇게 당혹스러워하고 쩔쩔매는 모습이라니.

"……지금 농담이시죠?"

—야, 이놈아! 내가 밥 처먹고 할 일이 없어서 러시아에 있는 손자 놈한테 죽을 날 받았다는 말을 농담이랍시고 지껄이겠냐? 그것도 한 달 만에 전화해서!

"아뇨, 아뇨. 할아버지. 그거 말고요!"

다급하게 '할아버지'를 불러 대는 경호를 크라브첸코는 흥미로운 표정으로 지켜보았다.

—이놈이! 결혼하라는 소리가 나 죽는다는 소리보다 더 걱정이란 게냐!

순간 경호는 입을 다물어 버렸다.

어디로 기울었는지까지는 생각하고 싶지 않지만, 분명 할아버지와 결혼이라는 단어가 나란히 양팔 저울 위로 올라간 건 사실이었으니까.

—지금 대답 머뭇거렸지? 이런 호랑말코 같은 자식이 다 있나! 너 집으로 와! 날아서라도 당장!

그보다 죽을 날 받았다는 분이 너무 정정하지 않나?

눈앞에 그려지는 상황이 너무 뻔해 헛웃음이 났지만, 그런

건 중요하지 않았다. 그야말로 마른하늘에 날벼락을 맞는대
도 이것보단 덜할 것이었다.

'결혼이라니⋯⋯.'

그것도 3개월 안에.

평일 오후 8시. 보통은 저녁 식사를 마친 시간대인 데다 커
피를 마시기도 애매한 시각. 그래서인지 호텔 라비타의 최상
층에 위치한 라운지 카페는 생각 외로 한산했다. 이런 시각에
이런 자리에서 누군가를 만난다면 썩 유쾌한 느낌은 받지 못
하리라.

두꺼운 유리창 너머로 시선을 고정시킨 경호의 얼굴에도
특별한 표정은 떠오르지 않았다.

"경호 씨는 이런 자리가 처음이라고 하셨죠?"

침묵을 깬 건 가늘고 톤이 높은 여자의 목소리였다. 무심
한 경호의 얼굴이 여자를 향했다.

나무랄 데 없이 격식에 맞는 옷차림을 한 여자는 방금까지
자신이 얼마나 시사 교양에 해박한 사람인지 과시라도 하듯
줄기차게 이야기를 늘어놨다. 그러니 이 질문은 '이쯤하면
나 좀 괜찮은 여자 아니야?'라는 의도가 섞인 것이라고 할 수

있었다.

"네, 처음입니다."

"할아버지께서 많이 위독하시다고 듣긴 했어요. 그래도 이 자리까지 나오신 걸 보면 결혼할 마음은 있는 거라고 생각해도 되겠죠?"

"네, 있습니다. 제가 결혼하기 전까지는 수술을 받지 않으시겠다니 별수 있나요."

"그럼 한시가 급한 거네요."

"3개월 안에는 하려고 합니다."

"흠, 3개월이면 지금부터 준비해도 부족할 텐데…… 서둘러야겠네요."

짐짓 심각한 대꾸에 경호는 코웃음을 칠 뻔한 것을 참았다.

자신이 말한 3개월은 겉보기엔 정정하지만 아주 위중하다던 할아버지를 어떻게든 수술대에 올려야 할 마지노선일 뿐. 여자는 그것을 결혼 날짜로 이해한 모양이었다.

아, 할아버지가 내건 요구 조건을 생각하면 아주 틀린 건 아닌가…….

"선미 씨야말로 결혼할 마음이 있으신가 봅니다. 제 상황을 알고도 만남에 응해 주신 걸 보면요."

"뭐, 이제 결혼할 때도 됐고. 이왕이면 괜찮은 남자와 하고 싶으니까요."

'괜찮은'이라는 단어에서 희망을 본 경호가 물음을 던지려던 참이었다.

"이게 어디서 뻔뻔하게!"

촤악.

갑작스럽게 들려온 소리에 두 사람의 시선이 동시에 옆 테이블로 향했다.

"남의 남자 애 가진 게 자랑이야! 어디서 애를 내세워!"

"결혼하신 것도 아니잖아요?"

막장 드라마를 방불케 하는 대사에 경호의 입이 절로 벌어졌다.

담담한 태도로 반문한 여자는 방금 얼굴에 물세례를 받은 장본인이었다. 그 태연한 태도에 열이 더 오른 건지 빈 잔을 든 여자는 급기야 눈이 뒤집힐 기세였다.

"결혼 안 했으면 바람피워도 된다는 거야? 너희 둘이 날 바보로 만들어 놓고 떨어지라고? 잘못은 니들이 했는데 어떻게 이렇게 당당할 수 있어!"

"그러니까 이제 그만하세요. 저야 애 때문에 어쩔 수 없게 됐지만 그런 남자 뭐가 좋다고 그렇게 들러붙어요? 당신 바보 만들고 아기랑 나를 앞세우며 비겁하게 숨은 남자를. 그럴 가치 없어요. 그냥 더 좋은 남자 만나세요."

무심한 억양으로 말을 내뱉는 여자의 태도는 저를 임신시킨 남자를 차지하겠다는 욕심보단 그런 남자와 엮인 상대를 걱정하는 듯한 느낌이었다.

　"입 닥쳐! 니가 뭔데 훈계야! 남의 남자랑 더럽게 놀아나다 애까지 밴 주제에 뭐가 떳떳해서!"

　"하나도 안 떳떳해요. 진짜 쪽팔려 죽겠어요. 사람이 얼마 없어서 다행이지……."

　"하! 이 미친년이 정말……."

　"저 개망신 줬으니까 이걸로 분 풀었다고 생각하시고 제발 그 남자 잊어 주세요. 세상엔 한 여자만 생각하는 좋은 남자도 많으니까요."

　차분하게 달래는 듯한 목소리엔 자조와 함께 안타까움이 섞여 있었다. 하지만 이미 흥분으로 눈이 뒤집힌 여자에게 들어 먹힐 말은 아니었다.

　촤악!

　다시 한 번 거한 액체 세례와 함께 여자의 나직한 비명이 새어 나왔다. 이번엔 엔티크한 잔에 담긴 커피였다. 꽤 시간이 흘러 뜨겁진 않은 모양이었다.

　'다행이군.'

　아니, 왜 그걸 다행이라고 생각한 걸까.

　난데없는 생각과 함께 떠오른 의문에 당혹스러워진 경호

가 고개를 갸웃거리는 사이 악에 받친 목소리로 소리를 질러 가며 저주하던 여자가 자리를 떴다.

사건은 그렇게 끝나는 듯했지만, 경호는 어째선지 앉아 있는 여자를 물끄러미 바라보고 있었다.

생각보다 어렸다. 20대 초반. 많이 봐도 스물여섯.

뒤로 질끈 묶은 머리카락까지 푹 젖었지만 하얀 얼굴과 반듯한 눈썹, 새까맣고 커다란 눈이 묘하게 시선을 끌었다. 청순하면서도 강단 있어 보였다.

아이보리색 야상에 커피 얼룩이 크게 남았는데도 그녀는 대수롭지 않은 표정이었다.

그렇게 얼마나 바라봤을까.

어느 순간 그녀가 그를 마주 봤다. 너무 빤히 바라봐서 민망해하진 않을까, 생각했던 것이 무색할 만큼 무감한 눈초리였다. 산전수전 다 겪어 본 사람 특유의 고단함과 처연함이 묻어났다.

기가 막힌 건 눈을 마주한 순간에 제가 여자에게 연민을 느꼈다는 점이었다.

미쳤지. 있을 수 없는 일이다. 상상조차 하지 못한 일에 불쾌해진 경호가 고개를 돌렸다. 이번엔 한 떨기의 온실 속 화초가 그를 향해 웃어 보였다.

"어머나, 세상에. 제가 다 부끄럽네요."

"그런가요? 재밌네요."

"네? 저런 게 재밌어요?"

정말 놀랍다는 듯 눈을 휘둥그레 뜨는 여자의 태도에 경호는 피식 웃음을 머금었다.

"가십거리잖아요. 원래 강 건너 불구경이 가장 즐거운 법 아닌가요?"

"뭐, 그렇기야 하지만……."

"그보다 저희도 이제 본론으로 들어갈까요? 아까 선미 씨가 이야기하신 괜찮은 남자의 기준이 궁금한데요."

"아, 그거요? 별거 아닌데. 그냥 저랑 비슷한 수준의 사람이면 돼요. 애들처럼 사랑 따질 나이도 아니고. 그냥 저보다 못한 사람만 아니면 좋겠다, 생각하고 있어요."

"못하다는 건 재산, 인물, 학력, 직업. 이런 것들인가요?"

"아니라고 발뺌하는 것도 우습겠네요. 네. 뭐, 속물이라고 생각하셔도 할 말 없어요."

"속물이라고 생각하지 않습니다. 이왕이면 선미 씨가 그 조건들 중에서 재산을 가장 큰 조건으로 여겨 줬으면 해서 여쭤 본 거니까."

"네? 그게 무슨……."

"결혼뿐 아니라 이혼도 생각해야 하는 거 아닙니까? 이혼했을 때 위자료를 얼마나 받을 수 있는지는 관심 없습니까?"

내용과는 정반대의 정중한 말투에 여자는 눈썹을 치켜 올리고 입을 벌린 채 황당한 표정을 지었다. 하지만 경호는 표정 하나 바뀌지 않고 말을 이어 갔다.

　"단도직입적으로 말씀드려서 저는 결혼에 관심이 없습니다. 독신주의자죠. 하지만 꼭 결혼을 해야만 하는 상황이 닥쳤고 저와 결혼할 여자는 분명히 이혼을 원할 겁니다. 물론 저 역시 그렇게 되길 바라고 있고요. 어떻습니까?"

　그의 물음에 여자는 이해하지 못하겠다는 듯 얼굴을 굳혔다.

　너무 어려웠나? 온갖 유식한 척을 다 하기에, 척 하면 착일 줄 알았건만 그것도 아닌 모양이었다.

　속으로 한숨을 내뱉던 그는 조개처럼 딱 다물려 있던 입술이 열리는 것을 보았다.

　"도, 도대체…… 어떤 의도로 그런 말을 하시는 거죠?"

　"제 얘기가 어려웠습니까? 저는 선미 씨와 결혼하고 싶습니다. 단, 선미 씨가 저와 이혼할 의사가 있다면요."

　"그러니까…… 지금 경호 씨는 결혼이 아니라 이혼해 줄 여자를 찾고 계신 거네요?"

　"네. 그렇게 말씀하시니 더 명확하군요."

　시원할 정도로 요지를 잘 짚어 준 여자의 태도에 만족하며 대꾸한 순간,

최악.

경호의 얼굴에 찬물이 쏟아졌다. 물기가 뚝뚝 떨어지는 것을 느끼며 눈을 뜨자 새빨개진 얼굴로 컵을 쥔 채 부들부들 떨고 있는 여자가 보였다.

이런. 역시 틀렸군.

"사람을 소모품 취급이에요? 내가 그렇게 멍청이로 보였어요? 하! 이봐요, 한경호 씨. 그런 쓰레기 같은 제안에 응해줄 여자를 원하면 이런 자리 만들지 말고 그냥 돈에 환장한 골 빈 여자들이나 찾아보세요. 그 수준에 딱 맞는 여자로. 그깟 위자료에 자존심 버릴 만큼 난 싸구려가 아니니까!"

맞는 말이었다. 어떤 여자가 이런 말을 쉽게 들어줄까, 생각도 했었다.

물론 이 여자가 조금 전 옆에서 일어난 일을 벤치마킹한 것 같아 억울한 감도 없잖아 있었지만, 경호는 일단 쿨하게 자신의 무례함을 인정했다.

"죄송합니다. 말을 제대로 전하지 못해서 오해가 생긴 것 같군요. 절대 싸구려 취급을 할 생각은 없었습니다."

알아주는 식품기업의 따님이 싸구려라니. 천만에.

"위자료가 얼마인지부터 말씀드렸어야 했는데."

호텔 주차장을 빠져나온 은색 벤츠가 근처의 횡단보도 앞에 미끄러지듯 멈춰 섰다. 한바탕 비가 내린 건지 도로는 젖어 있었고 드문드문 물웅덩이가 눈에 띄었다.

신호를 확인한 경호는 룸미러를 보며 축축한 머리를 다시 한 번 다듬고 클러치백에 얻어맞은 왼쪽 뺨의 상태를 확인했다.

"배구 선수나 하지."

스파이크 하난 제법인 여자였다. 메탈 장식에 정통으로 맞아 입술이 살짝 터졌지만 크게 붓지는 않아 그나마 다행이었다.

"그나저나 이제 어쩐다……."

그 정도 자존심을 가진 여자니 오늘 일을 떠벌리고 다니진 않을 테지만 앞으로가 걱정이었다. 비슷한 수준으로 이런 맞선 자리에 나올 만한 여자는 그리 많지 않았다. 하물며 그가 내민 조건을 받아들일 여자가 과연 있을까.

누구라도 좋으니 결혼만 하면 된다는 할아버지의 조건이 그나마 조금 위안을 주긴 했지만, 그렇게 범위를 넓혀 가도 쉽지 않은 건 마찬가지였다.

애초부터 그는 결혼이란 제도 자체에 회의적이었다.

딱히 여자가 싫은 건 아니었다. 정확히 말하면 관심이 없었다. 적당히 타인과 어울리거나 마음이 통하는 친구를 만드는 일은 쉬웠지만 연애는 그렇지 않았다. 누군가를 생각하며 설레거나 가슴앓이를 하는 건 무엇보다 이해가 가지 않는 일이었다.

학창 시절엔 공부에 미쳐 있었고, 사회에 나와서는 일에 미쳐 있었다. 친구들은 그에게 무슨 재미로 세상을 사느냐 물었지만, 그는 그런 질문조차 이해를 못 해 반문하곤 했다.

"왜 세상이 재미있어야 하는 건데?"

덕분에 둘도 없는 또라이니 사이코니 하는 소리를 듣고 살았지만, 그는 제 인생에 크게 불만이 없었다. 재미는 없지만, 딱히 불만도 없는 상태. 한경호는 지금의 평온함을 절대 깨고 싶지 않은 사람이었다.

눈살을 찌푸리며 입술의 상처를 매만지던 그가 문득 시선을 움직였다. 횡단보도 앞에 멈춰 서 있는 이는 아까 그 소란 속에서 물벼락을 맞은 여자였다.

'임산부라고 했던가.'

제가 관여할 일은 아니지만 한심한 여자였다. 그런 사실을 기억하고 있다는 것조차 꺼림칙할 만큼. 그러면서도 경호의 시선은 한동안 여자에게 박혀 있었다.

흐릿한 불빛이 스며든 물기 젖은 밤길의 분위기 탓인가. 도심지 한가운데의 호텔이건만 여자의 주변은 이상하리만치 가라앉은 것처럼 보였다. 호텔 라운지 조명 아래에서보다 더욱 창백해 보이는 얼굴이 자꾸 눈에 밟혔다.

때마침 바뀐 신호에 경호는 애써 관심을 돌리고 출발하려 했다. 그러나 미처 액셀을 밟기도 전에 그는 튀어 오르듯 자리를 박차고 차에서 내려야 했다.

"젠장!"

앞 유리창으로 불쑥 나타났다가 훅 가라앉듯 쓰러지는 여자를 보자 다른 것은 더 생각할 수가 없었다. 재빨리 차 앞으로 달려간 경호는 물웅덩이에 걸쳐 쓰러져 있는 여자를 안아 일으켰다.

"이봐요! 이봐요!"

여자는 눈을 뜨지 못했다. 달리 외상은 없어 보였지만, 축 늘어진 모양새가 몹시 불길했다. 그대로 여자를 안아 올려 뒷좌석에 눕힌 경호는 급히 차를 몰며 휴대폰을 꺼내 들었다.

"난데, 너 어디야? 괜찮으면 지금 병원으로 좀 와 줘. 급한 일이야!"

한참 동안 응급실 밖 복도를 서성이던 경호가 우뚝 멈춰 섰다. 그의 시선은 내내 손에 들린 낡은 휴대폰에 붙박여 있었다.

"대체 뭘 하자는 거냐."

엉망이 된 몰골로 돌아다니는 것도 짜증 나는데 뺨은 욱신거리고, 그 여자는 왜 눈에 띄어서 이 밤중에 난리를 치게 만드나.

긴 한숨이 새어 나왔다. 급한 마음에 의사인 석현에게 연락을 해 불러냈더니 녀석은 보자마자 의심스러운 눈을 하고서 물었다.

"임산부라고? 모르는 사이라며 그건 어떻게 알았는데?"

설명하기도 귀찮아진 경호는 여자의 휴대폰만 챙겨 들고 복도로 나와 버렸다.

잠금 장치도 걸려 있지 않은 휴대폰을 뒤적거리는 게 조금 찝찝했지만 마음을 굳게 먹고 손가락을 움직였다. 빨리 보호자에게 인계하는 게 최선이었다.

그런데 때맞춰 메시지 하나가 도착했다. 무심결에 메시지를 확인한 경호가 흠칫했다.

〈조금 전에 연락받았습니다. 깨끗이 헤어져 준답니다. 그 징그

러운 걸 이제야 떼어 내네요. 힘든 일 맡아 주셔서 감사합니다. 완수금은 지금 바로 넣어 드리겠습니다.〉

보고 싶지 않았는데, 짧은 메시지는 후루룩 읽히고 말았다. 이 심상치 않은 내용은 뭐지? 깨끗이 헤어져 준다? 거기다 완수금이라니.

이어 전화가 걸려 왔다. 발신자의 이름은 '이변태'.

왠지 수신 거부, 혹은 차단이라도 걸어야 할 것 같은 이름이었다. 가만히 노려보고 있자 벨이 끊기고 부재중 통화 알림에 이어 메시지가 떠올랐다.

〈야, 왜 전화 안 받아? 잘 처리했더라. 수고했어. 비 오는데 한잔할까 하다가 너 지금 극한 다이어트 중인 게 생각나서 대신 보너스 넣었어. 내일은 별일 없으니까 푹 쉬고.〉

도무지 이해할 수 없는 메시지의 연속이었다. 처리라니? 임신부가 왜 다이어트를?

바람을 폈다고 당당하게 이야기하는 모습을 봤을 때부터 보통의 개념을 가진 여자라곤 생각하지 않았지만 이건 해도 너무하지 않은가.

대체 뭐하는 여자야. 부모라는 사람은 자기 딸이 이러고

다니는 걸 알고 있을까? 아니, 임신한 사실을 알고 있는지도
의문이었다.

경호는 당장 휴대폰 연락처를 뒤졌다.

"엄마, 어머니, 맘, 마미…… 여사님……. 또 뭐가 있지?"

그런데 뭔가 이상했다. 엄마를 대신할 수 있는 흔한 단어
를 아무리 검색해도 찾을 수가 없었다. 물론 아빠도 마찬가
지였다.

"외우고 다니나?"

다시금 연락처 목록을 내리던 그의 눈에 '뽕 삼촌'이라는
단어가 들어왔다.

"……."

"야, 한경호."

흩어지려는 멘탈을 붙잡은 건 석현의 목소리였다. 경호가
흠칫하며 석현을 바라보자 의구심 가득한 시선이 그를 향했
다.

"뭐해? 보호자한테 연락은 했어?"

"아, 그게…… 연락이 안 되네."

"흠……. 너 진짜 저 여자랑 어떻게 아는 사이야? 솔직히 불
지 그러냐?"

"모르는 사이라고 했다."

"그럼 임신한 건 어떻게 알았냐고."

"······말하는 걸 들었어."

"말하는 걸 들어? 어디서? 너 차 안에 있었다며. 길거리에서 우연히 발견한 여자가 '나 임신했어요' 하고 텔레파시라도 보냈어?"

영 비꼬는 투였지만 석현의 의문은 순수했다.

"······너 말이다. 혹시 저 여자 건드렸냐?"

이놈은 답지 않게 막장 드라마를 꽤 좋아했다.

더 대꾸하기도 귀찮아 픽 웃어 버리자 석현은 턱을 쓸며 말을 이어 갔다.

"아니, 그렇잖아. 맞선 보러 나간 놈이 이 시간에 맞선녀는 어쩌고 웬 기절한 여자를 데려와서 임신 중이라고 하는데. 혹시 저 여자가 갑자기 나타나서 '나 한경호 애 가졌다!' 하는 바람에 맞선 자리가 와장창······."

"소설을 써라. 대박날 거다."

"어쭈, 그렇게 자신 있으면 할아버님한테 말씀드려도 되냐?"

"네가 입 다문다고 간호사들 입까지 단속되겠어? 맞선 얘기도 벌써 퍼진 모양인데. 어차피 무슨 소식이든 그분 귀에는 들어갈 테니 마음대로 해."

"하긴. 만나는 여자가 있었으면 네가 게이 소리 듣고 살진 않았겠지."

"됐고, 저 여자 왜 저러는 건데? 어디 안 좋아? 혹시…… 유산이라도 했어?"

"아…… 아니. 그게 말이야. 뭔가 이상하더라고."

내내 재밌어 죽겠단 얼굴로 이죽대던 석현은 그제야 진지한 표정으로 말을 돌렸다.

"뭐가? 많이 안 좋아?"

"깨어나 보면 왜 그랬는지 알 수 있겠지만…… 일단 임신은 아닌데?"

"……뭐?"

분명히 같은 여자였다. 얼굴이야 착각할 수 있다지만, 옷에 선명히 남은 커피 얼룩까지 잊을 수는 없었다.

"그냥 영양실조에 빈혈, 뭐 그런 거야. 마른 거 보니까 거식증이 의심되긴 하는데 딱히 다른 건 없어."

빙글빙글 웃음기 섞인 목소리로 이어지는 설명에 절로 헛웃음이 났다.

'임신이 아니라고? 그럼 그 여자 떼어 내겠다고 쇼……!'

불현듯, 방금 봤던 문자 내용이 머릿속을 스쳐 지나갔다.

〈그 징그러운 걸 이제야 떼어 내네요.〉

완수금 등 모든 걸 종합해서 추측해 보자면 돈을 받고 누군가의 귀찮은 애인을 떼 버리는 일을 했다는 이야기가 됐다.

"뭐야? 저 여자가 너한테 거짓말이라도 한 거야? 너 낚였어?"

여전히 농담처럼 지껄이는 석현의 말은 더 이상 귀에 들어오지 않았다.

기가 막혔다. 세상에 돈 받고 그런 일을 하는 사람이 있다니! 젊은 여자가 뭐가 아쉬워서 그런 수상한 짓을 한단 말인가.

'돈이 그렇게 궁한……!'

그때였다. 섬광처럼 어떤 생각이 머릿속을 강타한 것은.

"그런 쓰레기 같은 제안에 응해 줄 여자를 찾고 싶으면 이런 자리 만들지 마시고 그냥 돈에 환장한 골 빈 여자들이나 찾아보세요. 그 수준에 딱 맞는 여자로."

찾았다!

그게 가능한 여자.

한낮의 대림동 주택가는 꽤 한산했다. 어느 집의 개 짖는 소리를 들으며 낡은 빌딩 계단을 오르던 세영은 땀이 맺힌 이마를 손등으로 문질렀다. 아직 봄이건만 기온은 벌써부터 초여름에 돌입한 모양이었다.

그렇게 쉬엄쉬엄, 엘리베이터도 없는 4층 건물을 오르고 한숨을 돌리자 두꺼운 철문에 걸린 수상한 문패가 보였다.

콜미센터.

"하아…… 돈 좀 벌었으면 양심적으로 엘리베이터 정도 있는 건물로 이사 가야 하는 거 아니야?"

거의 매일을 오르내리는 계단이건만 전혀 익숙해지지 않았다. 나직하게 한숨을 내쉰 세영이 힘겹게 문을 열었다.

"오, 출근 안 해도 되는데 굳이 왔네? 이 달의 우수사원상이라도 줘야 하나?"

대학 동기이자 '콜미센터'의 대표 이정태가 웃으며 말을 건네 왔지만, 털썩 소파에 주저앉은 세영은 대답하기 귀찮은 표정으로 어깨에 메고 있던 커다란 쇼핑백을 탁자에 올렸다.

"뭔데?"

의아한 표정으로 다가선 정태가 그녀의 종이 가방에서 아이보리색 야상을 꺼냈다.

"이게 뭐야?"

"커피 자국 보이시죠? 내가 아끼는 겁니다. 일하다가 그런 거니까 회사에서 책임지세요."

"너 원래 뭐 먹다가 잘 흘리잖아. 그게 왜 회사 책임이 냐?"

"상대방이 커피를 들이부었다고요. 식었기에 망정이지, 아니었으면 지금쯤 화상 입고 병원에 누워 있을걸요. 산재 처리 안 된 걸 다행으로 아세요. 일도 좀 가려서 받고요."

"우리 회사는 고객님이 해결하기 어려운 모든 일을 도와드리는 곳이다, 그렇게 광고해 놓고 일을 가려 받으라고? 너 돈 벌 마음 없지?"

진지한 얼굴로 타박하던 정태가 '뭐 마실래?' 하고 물었다. 물론 대답을 듣기도 전에 그의 손은 녹차 티백으로 향했다. 최근 죽도록 다이어트를 한 세영의 노력을 떠올린 참이었다.

"돈 벌 맘이 왜 없습니까? 환장했지. 그러니까 결국 했고, 그러니까 결국 너한테 옷값 청구하는 거고."

녹차 잔에 얼음을 넣던 정태가 힐끗 그녀를 쳐다보았다. 햇살이 강하게 내리쬐는 창밖을 멍하니 바라보는 세영의 옆얼굴이 어쩐지 평소보다 어두웠다.

그녀를 알게 된 지도 어느덧 8년째.

애교와 거리가 먼 성격이라도 타인을 대할 땐 언제나 웃는 낯이었고, 우직하게 제 할 일을 다 해내는 터라 남녀노소 가리지 않고 인기가 있었다. 무엇이든 속에 담아 놓고 입 밖으로 꺼내지 않는 게 문제라면 문제였지만.

그나마 가장 오래 곁에 있었던 그가 생각하기에 그녀가 저렇게 근심 가득한 표정을 지을 이유는 단 하나뿐이었다.

"영은이는 어때?"

"뭐, 병원에서 알아서 잘 봐 주니까. 괜찮아."

그럴 리 없다는 걸 알면서도 정태는 더 묻지 않았다.

일찍 돌아가신 부모님 대신 그녀를 뒷바라지해 준 고마운 삼촌 내외였다. 넉넉한 생활은 아니었지만 그렇다고 모자랄 것도 없는, 평범한 생활을 지내 오던 그녀는 삼촌의 사업이 망하면서 순식간에 바닥으로 가라앉았다.

삶의 터전은 흔적도 없이 사라졌고, 숙모는 잠적해 버렸다. 지금 그녀에게 남은 건 거액의 빚과 일용직을 전전하게 된 삼촌, 그리고 자가면역질환을 앓고 있는 어린 사촌 동생뿐이었다.

늦둥이로 태어나 이제 여섯 살이 된 사촌 동생은 얼마 전, 어린이집에서 나눠 준 간식을 먹다 갑자기 발작을 일으켜 병원에 실려 갔다.

애초부터 환경에 예민하고 수많은 음식 알레르기가 있는

아이였다.

어린이집 측에서도 각별히 신경을 써 줬지만, 갑작스럽게 발병하는 알레르기까지 감당하긴 힘들었다.

응급실 앞에 서서 '감은 괜찮았는데'라고 말하며 미안해하던 어린이집 선생을 떠올린 정태가 절레절레 고개를 저었다.

그것이 벌써 2주 전의 일이었다. 한 번 그런 일을 겪은 어린이집에선 더 이상 영은을 돌보기 힘들 것 같다고 전해 왔고, 아픈 아이를 선뜻 맡아 주겠다는 곳은 없었다.

가능하다면 그녀 손으로 아이를 돌보고 싶어 했지만 상황이 여의치 않아 입원비만 쌓여 가는 실정이었다. 그리고 그녀는 그 입원비를 마련하기 위해 더 부지런히 뛰어야 했다.

정태는 악순환에 휘말린 그녀에게 '괜찮아질 거야, 힘내'라는 말은 차마 꺼낼 수가 없었다. 얼음을 둥둥 띄운 녹차 잔을 내밀고 머쓱하게 몸을 돌리는데 전화벨 소리가 들렸다.

후다닥 휴대폰을 꺼내 든 세영이 눈을 부릅떴다. 등록되지 않은 번호 표시에 가슴이 철렁 내려앉았다. 보이스 피싱이나 스팸일 확률이 높았지만, 낯선 전화는 가장 나쁜 소식이 전해지는 순간이기도 했기 때문이다.

"여, 여보세요?"

―우세영 씨?

"누구시죠? 무슨 일이신가요?"

이상하게 낯이 익은 목소리라고 생각하면서 세영은 급히 물었다. 제발 병원만은 아니길 바라며.

─한경호라고 합니다.

"네? 누구……."

─명함도 드렸을 텐데, 기억 못 하시는 겁니까?

명함이라는 말에 세영은 습관적으로 주머니에서 명함 지갑을 꺼내 들었다. 하루에도 몇 개는 주워 오는 게 명함인데 대체 누구…….

─우세영 씨를 병원에 데려다준 사람입니다.

동시에 그녀의 손이 멈칫했다. 막 펼쳐진 지갑에 떡하니 자리한 명함이 눈에 들어왔다.

CL그룹계열/CL정유화학. 전략기획본부/해외사업부 한경호.

─바쁘지 않으시면 지금 좀 뵈었으면 하는데요.

병원에서 눈을 뜨자마자 봤던 남자의 모습이 머릿속에 떠올랐다. 보기 드물게 잘생긴 남자였지만, 감상은 그것으로 끝이었다. 부끄러움을 무릅쓰고 자리에서 일어나 연신 고맙다고 고개를 숙이며 사례를 하겠다고 했었다.

"괜찮습니다. 할 일을 한 것뿐인데요."

꽤나 정중하고 신사적인 태도로 그녀의 사례를 거절하던 남자는 이어 명함을 꺼내 내밀었다.

"무사히 댁에 도착하시면 연락 주십시오."

"네?"

"별다른 뜻은 없습니다. 워낙 몸이 안 좋아 보이셔서 또 길에 누울까 염려되어 하는 말이니."

농담처럼 내놓은 말끝에 머물렀던 미소.

친절이 몸에 밴 남자였다. 여자라면 누구든 호감을 느끼겠구나, 싶을 만큼.

남자의 태도는 담백했고 정말 별 이유는 없어 보였기에 세영은 더 실랑이를 벌이지 않고 명함을 받아 들었다. 걱정을 표현하는 것으로 마음이 편해진다면 그냥 받아들여 주는 것도 나쁘지 않으니까.

물론, 그에게 연락을 하는 일은 절대 없을 것이다.

남의 명함을 함부로 버릴 수 없어 무심히 지갑에 꽂아 둔 것이 마지막 기억이었다. 그리고 이어지는 일들에 정신이 팔려 남자의 존재는 완전히 잊고 있었다.

"제 번호는 어떻게 아셨나요?"

—설명하자면 긴데, 일단 휴대폰을 보고 알았습니다. 보호자 연락처를 알아야 했거든요.

"아…… 그렇지요. 그렇게 연락을 해야…… 그런데 안 하시지 않았던가요?"

보호자라고 해 봐야 삼촌 아니면 이변태뿐. 둘 다 그녀를 보고도 별말이 없었으니 연락을 받았을 리 없었다.

—흥미가 생겼거든요. 우세영 씨한테.

"……네?"

—정확히는 우세영 씨가 하는 일에.

순간 철렁했던 심장이 제자리로 돌아왔다.

나 좀 봐. 무슨 생각을 한 거야. 이상하게 멋쩍어 귓바퀴를 긁적이는 사이 남자의 차분한 말이 이어졌다.

—의뢰를 하고 싶습니다. 단, 콜미센터가 아닌 우세영 씨 개인에게요.

지금껏 생각한 적 없는 일에 발을 들이는 걸 흔히 '일탈'이라 표현한다. 하지만 그 일탈로 빠져드는 계기란 단순하게 설명하기 힘들다. 평소 일탈과 거리가 먼 사람이라면 더더욱. 그것은 세영의 경우도 마찬가지였다.

콜미센터는 개인적으로 의뢰를 받는 행위를 금지하고 있

었다. 이는 특히 여직원들에겐 무엇보다 우선해야 할 규칙이
었다.

세상엔 '무엇이든 한다'라는 취지를 왜곡해 받아들이는
변태 새끼들이 분명 존재했고, 실제로 과거 직원 중 한 명이
몰래 일을 하다 험한 꼴을 당할 뻔한 전례도 있었다. 그러니
평소의 그녀라면 절대로 이런 약속은 잡지 않았을 터였다.

하지만 이번 경우는 좀 특별했다. 도움을 받은 데다가 유
난히 정중하고 예의 바르던 남자의 태도가 그녀의 결정에 한
몫했다.

물론 어떤 사기꾼이 자기 얼굴에 사기꾼이라 써 놓고 다니
겠냐만, 그녀는 애초에 사기를 당할 돈도 없고, 그럴 시간도
없었다.

어딜 가느냐, 따라가면 안 되느냐 들러붙는 이변태를 떼어
놓고 다시 거리로 나온 세영은 커피숍을 향해 걸음을 떼었
다.

때마침 근처를 지나는 길이라며 약속을 잡았던 남자는 10여
분 후에 도착할 거라고 친절히 메시지까지 남겨 뒀다.

굳이 사적으로 해야 하는 부탁이라면 꽤 곤란한 일일 테
지. 그러니 가능하다면 그냥 제 선에서 은혜를 갚는 것도 괜
찮을 거다. 그런 안일한 생각을 하며 세영은 커피숍으로 들
어섰다.

그런데…….

"안녕하세요."

"네. 안 나오시면 어쩌나 했는데 나오셨군요."

"저도 흥미가 생겼거든요. 제게 의뢰하시려는 일이 뭔지."

병원 응급실의 조명이 꽤 침침했던 모양이었다. 밝은 햇살 아래서 본 남자의 얼굴이 꼭 무슨 태양신처럼 빛나는 걸 보면 말이다. 그 얼굴에 도리어 의심이 생겼다. 이런 남자가 대체 뭘 부탁하려는 걸까.

"흠. 어떻게 말씀을 드려야 좋을지 모르겠군요."

자신만만하던 그가 곤란한 듯 약간 머뭇거리자, 세영은 고객을 응대하듯 얼굴에 미소를 띠었다.

"저희 회사는 고객의 비밀을 최우선으로 여기고 있습니다. 일단 일을 맡으면 만족하실 만큼 최선을 다해 완수하고요. 물론, 성사가 되지 않는 경우에도 고객의 상담 내용은 결코 발설하지 않습니다. 상담 내용이 외부로 알려질 경우에는 의뢰금의 열 배에 해당하는 금액으로 보상받으실 수 있습니다. 아직까지 그런 사례는 없었지만요. 그러니 걱정 말고 말씀해 보세요."

경호는 세영의 거창한 설명을 듣고 미묘한 웃음을 지었다. 그 웃음을 가소롭다는 뜻으로 오해한 세영이 재차 설명했다.

"원래 이렇게 개인적으로 일을 받는 건 금지되어 있습니다. 하지만 절 도와주셨으니 보수 없이 부탁을 들어 드리려고 온 겁니다."

경호는 또다시 피식 웃으며 손깍지를 끼고 몸을 테이블 가까이 숙였다.

"흠, 보수를 받지 않으면 후회하실 텐데요."

"네?"

"저는 세영 씨에게 가능한 많은 보수를 드릴 생각입니다."

"아니 뭐, 굳이 주신다면야 사양하진 않겠지만 대체 무슨 일이기에……."

"저와 이혼을 해 주십시오."

"쿨럭!"

무심히 빨대를 입에 물었던 세영이 사레에 걸려 콜록거렸다. 저 때문에 그렇게 됐는데도 경호는 냅킨 한 장을 건네줄 뿐, 거침없이 말을 이어 갔다.

"물론 그러자면 결혼부터 해야겠네요."

"콜록. 저, 결혼 정보 회사에 가셔야 하는 게 아닐까요?"

"딱 3년만 저와 살아 주시면 됩니다. 계약 기간이 끝나면 바로 이혼해 드리겠습니다. 위자료와 수임료 모두 아쉽지 않게 드릴 용의가 있습니다. 간단하게 말하자면, 거액의 돈으로 세영 씨의 미래를 사들이겠단 뜻입니다."

세상은 넓고 미친놈은 많은 법이었다. 세영은 애써 침착하게 거절의 뜻을 밝혔다.

"죄송하지만, 그런 의뢰는 받아들일 수 없……."

"수임료로 10억, 그리고 추가로 위자료를 드리겠습니다."

"……."

이 얼토당토않은 금액은 또 뭘까.

말문이 막힌 채 굳어 버린 그녀의 앞에서 경호는 태연히 긴 다리를 꼬고 깍지 낀 양손을 포개 올렸다. 화보 속 모델처럼 우아한 움직임에 눈길을 둘 새도 없이 냉철한 설명이 이어졌다.

"결혼은 형식일 뿐, 사생활은 무엇도 건드리지 않겠습니다. 제게 필요한 건 사회적으로 보여 줄 수 있는 '아내'라는 존재뿐입니다. 그 자리만 충족해 준다면 10억입니다. 그리고 당신이 하기에 따라서 그에 준하는 위자료까지 드리는 조건. 쉽게 거절할 수 없을 텐데요."

아무리 봐도 장난은 아니었다. 그리고 거짓말을 하는 것 같지도 않았다.

분명 냉정하기 짝이 없는 설명이자 돈으로 휘두르겠단 의미가 다분한 단어들의 향연인데…… 이 간절한 느낌은 뭐고, 정말로 아내가 필요한 사람처럼 보이는 건 뭐지.

"이혼이 목적인데 왜 큰돈 들여서 결혼을 하시려는 거죠?"

"집안의 가장 큰 어르신인 할아버지께서 중병에 걸리셨습니다. 3대 독자인 제가 결혼하는 걸 본 후에야 수술대에 오르겠다고 하시는 게 그 첫째 이유입니다. 둘째로, 할아버지께서 그냥 이렇게 돌아가시면 저는 회사를 물려받을 수 없습니다. 셋째, 전 독신주의자입니다. 굳이 길게 결혼을 유지하고 싶은 마음이 전혀 없습니다. 물론, 세영 씨가 길게 이 결혼 생활을 버텨 준다면야 바랄 게 없지만, 전 타인에게 그런 희생을 바랄 만큼 뻔뻔하지 못합니다. 이제 이해되셨습니까?"

건조하게 이어지는 말에 머릿속이 혼잡해졌다. 충분히 있을 법한 이야기라고 머리로는 이해했는데, 도덕심이 방해를 하는지 가슴은 섣불리 상황을 받아들이지 못하고 있었다.

지끈거리는 머리를 누르며 세영은 침착하게 입을 열었다.

"하지만 3대 독자시면 부모님께서 이런 결혼을 허락하실 리가 없을 텐데……."

"그래서 말씀드린 겁니다. 당신이 어떻게, 얼마나 이 일을 해치우느냐에 따라 위자료를 지급하겠다고."

"그러니까 그…… 시월드 정도는 알아서 감수하란 뜻인가요?"

"저는 그 모든 걸 보상해 드릴 생각입니다."

"……."

"딱 3년이면 됩니다."

이브가 선악과를 먹게끔 만든 악마의 속삭임이 이럴까.

여전히 멍해 있는 그녀의 눈앞에서 남자는 진지한 얼굴로 말을 마쳤다.

3년. 그리고 10억.

그 현실감 없는 숫자는 차분히 가라앉은 남자의 목소리로 바뀌어 한동안 그녀의 머릿속을 맴돌았다.

"팀장님, 조금 쉬셔야 하는 거 아니에요?"

조심스럽게 묻는 여직원의 말에 경호는 모니터에 고정되어 있던 눈을 돌렸다.

한 아름의 서류를 들고 온 그녀가 송구스럽단 얼굴로 그것들을 내밀었다. 이러다 그가 당장 쓰러지기라도 할까 걱정스러움이 가득한 눈빛이었다.

긴 출장을 마치고 돌아온 지 2주째에 접어들었다.

시차 적응은커녕, 돌아온 당일부터 사무실에서 밤을 새다시피 하며 휴일도 없이 일하고 있다는 사실을 모르는 직원은 없었다.

그 와중에 틈틈이 병원으로 호출해 대는 할아버지의 문안을 가고, 짬을 내어 두 번의 맞선까지 봐야 했다.

그리고 우세영에 관한 조사와 회유까지.

"그러게요. 바쁘긴 하네요."

슬쩍 미소를 지으며 내놓은 말에 여직원이 얼굴을 붉히며 호들갑스럽게 손을 내저었다.

"어휴, '바쁘긴 하네요'가 아니죠. 팀장님 이러다 쓰러지시기라도 할까 봐 얼마나 조마조마한데요."

"그 정도는 아닙니다. 영양 보충은 잘하고 있으니까요. 그럼."

잡담에 쏟을 기력조차 아까워진 경호가 정중히 말을 끊어 냈다.

그가 다시 모니터로 눈을 돌리자 여직원은 아쉬운 기색이 역력한 얼굴로 물러났다. 돌아서는 여직원의 비쩍 마른 뒷모습을 흘깃 바라본 경호가 문득 나직하게 한숨을 내쉬었다.

'안 할 생각인가?'

안달한다고 되는 일이 아니었기에 애써 일에 집중하며 생각하지 않으려 했다. 그러나 여직원의 모습에 기어이 그 가벼웠던 무게감과 가냘픈 몸매를 떠올리고 만 경호는 씁쓸하게 입맛을 다셔야 했다.

차라리 좀 더 사정했어야 했나. 아니면 더 파격적인 금액을 제시했어야 했나.

또다시 맞선 자리에 나가 그 조건을 내밀 생각을 하니 두

통이 밀려왔다.

갈수록 촉박해지는 시간. 갈수록 좁아지는 선택지. 이래저래 궁지에 몰리는 건 저 자신이었다. 그러다 보니 그 여자가 더욱 아쉬워지는 것도 어쩔 수가 없었다.

띠링.

게다가 때마침 도착한 문자에 가뜩이나 어두웠던 경호의 얼굴이 구겨졌다.

〈오늘 집에 오너라.〉

그의 인생에서 가장 껄끄럽고 불편한 존재인 아버지. 그가 드디어 움직였다.

'귀에 들어갔나 보군.'

소탈하고 화통해 주변에 사람이 많은 할아버지와 달리 아버지는 고집스럽고 독선적인 성격으로 주변 사람을 꽤나 괴롭히는 타입이었다.

할아버지의 뒤를 이어 기업가로 활동하지 않고 의사가 된 건, 차라리 세상 사람 모두를 위해 현명한 선택이었다.

경호는 저 자신의 이기적인 면모를 아버지의 유산이라 생각했다.

원래도 부자지간의 정은 없었다. 그런 사이가 어머니가 돌아가신 후엔 명절에만 얼굴을 보게 됐고, 그나마 오가던 형식상의 대화는 새어머니가 집에 들어온 이후로 완전히 단절됐다. 두 사람 사이에 남은 건 핏줄의 인연으로 인한 책임감과 비즈니스뿐.

그런 아버지가 요즘 들어 종종 그에게 연락을 해 오는 이유는 하나였다. 아버지는 할아버지의 유산이 사회에 환원되는 것을 두고 볼 사람이 아니었다.

〈알겠습니다.〉

꽤 늦은 저녁 시간이었다. 넓은 대리석 식탁 위엔 먹음직스러운 요리가 푸짐하게 차려져 있었지만, 정작 수저를 든 세 사람의 손은 거의 멈춰 있다시피 했다.

반이 넘게 남은 밥을 두고 수저를 내려놓은 경호의 귓가에 근엄한 목소리가 떨어졌다.

"더 먹어라."

"일찍 저녁을 먹고 왔습니다."

대화는 거기서 끝이었다. 그리고 묘한 풍경이 이어졌다. 묵묵히 수저를 드는 아버지의 앞에서 미동도 하지 않고 기다리는 아들.

두 남자의 사이에서 눈치를 보느라 더 말수가 없어진 새어머니는 어찌할 바를 모르고 앉아 있다 차를 내왔다.

"마셔요."

경호와 열다섯 살 차이 나는 새어머니는 아직도 그에게 존대를 했다. 이 집안 남자들 모두 그녀에게 쉽지 않았다. 그들은 언제 터질지 모르는 폭탄이었다.

"감사합니다."

경호의 아버지는 느린 식사를 끝내고 부인이 건넨 차를 한 모금 마신 후 입을 열었다.

"병원에 데려왔다는 여자는 어떻게 된 거냐?"

"어떻게 됐는지는 저도 모릅니다."

무슨 의도로 묻는지 뻔히 알면서도 경호는 말꼬리를 물고 늘어졌다.

"어디서 어떻게 만난 여자냐고 물었다."

"길에 쓰러져 있기에 데려온 것뿐입니다."

"임신했다고 확신한 건?"

"들었습니다."

"알고 지내던 여자였냐?"

"모르는 여자입니다."

"한경호!"

아버지의 언성이 높아지자 새어머니는 쩔쩔매며 경호를 간절한 눈길로 바라보았다. 아버지 말씀에 토 달지 말고 바른 말을 하라는 눈빛이었다.

"무슨 상상을 하시는지 압니다. 그런데 아닙니다. 정말 모르는 여자입니다. 임신도 아니었고요."

"잘 모르는 여자를 깨어날 때까지 옆에서 지키고 있었어? 내가 너를 모르는 것도 아닌데, 그 말을 믿으라는 게냐?"

"아버지께서 저를 어디까지 알고 계신지 모르겠습니다만, 믿으셔도 됩니다. 다시 볼 일 없는 여자입니다."

가시가 박혀 있는 말에도 그의 아버지는 그런 것쯤은 가볍게 넘겨 버리고 대꾸했다.

"볼 일이 있는지 없는지는 두고 봐야 알겠지. 여자란 그렇게 간단히 포기하지 않는다."

경호는 피식 웃었다. 역시 제가 여자를 건드려 놓고 결혼할 때가 되니 버렸다고 생각하는 모양이었다.

찬물 세례에 커피까지 뒤집어쓰고도 제 할 일을 다 해치우던 여자, 우세영. 그런 여자가 매달린다고? 제가 쓰레기 취급을 당하는 것보다 그녀를 질척거리는 여자로 오해받게 만든 것 같아 그것이 미안해졌다.

"상관없는 여자입니다. 다른 선 자리 알아봐 주십시오. 되도록 가난하고 불행한 여자면 좋겠습니다."

"매사에 진지하지 못한 놈 같으니! 대체 무슨 심보냐?"

"심보라니요? 아주 진지하게 말씀드리는 겁니다. 제 이상

53

형이거든요."

"지금 그딴 헛소리나 할 때냐? 이러다 노인네가 그냥 가 버리기라도 하면……!"

"유산이 넘어가는 게 걱정이십니까?"

경호의 물음에 아버지의 눈매가 더욱 싸늘하게 굳었다. 저 자신에게 가장 쓸모없는 협박이자, 아버지에게 세상 무엇보다 중요한 조건.

"어린애 소꿉장난이 아니야. 그 재산을 전부 환원하겠다는 게 말이나 되는 소리야? 노망이 나도 단단히 나셨지."

"아버지 몫은 이미 받아 가시지 않았습니까? 회사를 물려받는 건 어차피 아버지가 아니라 접니다."

"그래서 CL그룹을 사회에 기부하겠다? 난 그 꼴은 못 본다. 너도 욕심 많은 놈 아니냐. 그 노인네를 정말 좋아해서 살갑게 구는 건 아닐 테지. 당장 누구라도 좋으니 결혼부터 해."

새삼 할아버지의 머리에 감탄할 지경이었다. 할아버지는 목숨 이외에도 커다란 트랩을 설치해 뒀다. 제 결혼 유무에 따라 회사와 유산이 어떻게 처리될지 결정되었다.

이것은 저 자신이 아닌 아버지를 겨냥한 화살이자, 무엇보다 효과적으로 움직여 그 자신을 졸라맬 올가미였다.

"쉽지 않을 겁니다. 저와 사는 걸 불행이라고 느끼지 못할 만큼 불행한 여자여야 결혼 생활이 유지될 것 같으니까요. 정상적인 가정에서 남부러울 것 없이 자란 여자를 이런 집에 데려올 수 있을 거라고 생각하십니까?"

"우리 집안이 뭐가 어떻다는 게냐!"

"몰라서 물으십니까?"

저도 모르게 실소를 올리며 되묻은 경호가 이내 표정을 가다듬었다.

"어쨌거나 아쉽고 급한 건 이쪽이니 수단과 방법을 가릴 때가 아닙니다. 그럼, 부탁드립니다. 어머니."

"아, 그, 그건…… 찾아는 보겠지만, 그래도 아버지 말씀이……."

화들짝 놀란 새어머니가 조심스럽게 의견을 내놓는 도중에 갑자기 벨소리가 흘러나왔다.

제 안주머니에서 나는 소리라는 걸 깨달은 경호가 재빨리 휴대폰을 꺼내 들었다. 화면을 확인한 그는 튀듯이 자리에서 일어나며 전화를 받았다.

"네. 한경홉니다."

─안녕하세요. 저 기억하실지……. 콜미센터의…….

"우세영 씨."

─기억해 주셔서 감사합니다. 한경호 씨…… 아니, 고객님.

고객님. 그 말이 이렇게나 반갑게 들릴 줄은 몰랐다.

네, 하고 짧게 대답한 그의 입가에 엷게 미소가 떠올랐다.

—계약금으로 수임료의 30퍼센트를 먼저 입금해 주시면 바로 일을 시작할 수 있습니다.

"그렇게 하지요. 자세한 이야기는 지금 만나서 하고 싶은데, 괜찮으십니까?"

—네. 전 괜찮습니다.

"그럼, 지난번 그곳에서 뵙겠습니다."

흔쾌히 전화를 끊은 경호는 자신을 물끄러미 바라보고 있는 두 사람을 향해 입을 열었다.

"선 자리는 그만 알아보셔도 될 것 같습니다. 결혼할 여자가 생겼거든요."

"뭐, 뭐?"

"그게 무슨……?"

놀란 듯 동시에 입을 벌린 두 사람이었지만, 더 이상의 말은 나오지 않았다. 대체 어디서부터 어디까지를 지적해야 할지 몰라 혼란으로 가득한 표정이었다.

경호는 홀가분한 태도로 휴대폰을 집어넣으며 설명을 덧붙였다.

"아까 말씀드린 제 이상형에 가까운 여자입니다. 가난하고 불행하죠."

"……."

"조만간 인사드리러 오겠습니다."

할 말을 잃어버린 두 사람을 두고 돌아서는 그의 입가로 모처럼 즐거운 웃음이 떠올랐다.

"정말 10억을 주실 수 있는 건가요?"

다시 만난 세영은 당돌하게 본론부터 꺼냈다.

역시, 그것이 궁금했던 건가.

경호는 기다렸다는 듯이 서류 가방에서 크라프트지로 된 봉투를 꺼내 내밀었다.

"그렇지 않아도 제 신원이 궁금하실 것 같아 준비해 왔습니다. 결혼 정보 회사에 들어간 제 인적 사항입니다. 의심스러우면 뒷조사를 해 보셔도 상관없습니다."

세영은 얼떨떨한 표정으로 그가 내민 봉투를 받아 들었다. 그리고 문득 자신 역시 그에게 그리 믿음직스러운 사람은 아닐 거라는 생각이 들었다.

"그쪽은⋯⋯ 괜찮은 건가요? 그러니까⋯⋯ 저에 대해서 아무것도 모르잖아요. 뭘 믿고 저에게 이런 일을 부탁하시는 거죠?"

아주 타당한 의문이었다. 결혼이란 말을 배제하고라도 그녀에겐 엄연한 '일'이었다. 그것도 어마어마한 돈이 걸린 아주 중요한 일. 사실을 밝히기에 앞서 괜스레 초조해지는 것도 당연했다.

"세영 씨에 대해서라면 이미 알고 있습니다. 실례인 줄 알지만 제가 좀 급했습니다."

"알고 있다뇨? 제 뒷조사를 했다는 뜻인가요?"

"기분 나쁘시다면 사과드리겠습니다."

"그야 당연한 거 아닌가요? 생각해 보세요. 타인이 당신에 대해서 자세히 알고 있는 게 얼마나 황당한 일일지······."

"글쎄요. 저는 그다지 공감 가지 않는 이야기네요."

"네?"

"아마 저희 집안이나 저에 대한 정보는 인터넷 검색창에 쳐 보는 것만으로도 충분할 겁니다."

조금 어이없다는 표정을 짓던 세영은 그의 앞에서 보란 듯 휴대폰을 꺼내 손을 움직였다.

왠지 이어질 반응이 기대되는 순간이었다. 그런데 검색을 마친 그녀는 가볍게 눈살만 찌푸려 보였을 뿐, 별로 놀란 얼굴이 아니었다.

휴대폰 화면을 가리키며 미묘한 표정을 짓는 그녀를 향해 경호가 고개를 끄덕였다.

"동일인 맞습니다."

"그럼……"

"네. 흔히 이야기하는 재벌 3세 기업인. 그게 제 정체입니다."

"아, 부자시네요."

쿨하다 못해 을씨년스러운 대화가 오가는 현장이었다. 그녀의 반응에 오히려 찜찜해진 건 경호 쪽이었다.

"안 놀라십니까?"

"놀라야 하는 건가요?"

"보통은 이쯤 돼서 말을 더듬거나 부담스럽다는 대사가 이어지곤 하죠."

"적어도 사기꾼은 아닌 것 같아 안심이 됩니다. 10억이 누구 집 애 이름은 아니니까요."

그새 서류를 꺼내 확인하던 세영이 어깨를 으쓱해 보였다.

"게다가 저랑은 너무 거리가 먼 세계라 그런지 현실감이 없네요. 덕분에 가짜 결혼이라는 게 딱 실감 나서 몰입은 잘될 거 같아요."

"……"

"제가 알아야 할 다른 일은 없죠? 숨겨 놓은 애가 있다거나, 시댁이 둘이라거나 뭐 그런 거요. 곤란한 일이 추가될 때마다 계약서 수정하겠습니다. 물론, 지금 그 사항도 적어 넣을 거구요."

"……그러시죠."

다시 한 번 저 자신의 선택이 탁월했음을 깨닫는 한편, 지나치게 안정적인 그녀의 태도에 묘하게 자존심이 상했다. 더욱 찜찜해진 경호는 말없이 찻잔을 집어 들며 세영의 행동을 주시했다.

그의 정보를 확인한 그녀는 이번엔 계약서를 꺼내 들었다. 차분한 태도로 추가 조항을 적어 넣고 '확인 후 사인 부탁합니다'라고 하더니 남은 조항을 줄줄 읽어 내려갔다.

자신이 특별히 준비한 제대로 된 형식의 계약서였다. 어느 한쪽에 불리한 조항 따윈 그의 완벽주의가 용납하지 않았다.

하지만 어느 부분에서 그녀가 문제 제기를 할 건지는 알고 있었다.

"아이를 낳는다는 조항이 있네요. 이건 지우겠습니다."

"그 조건을 만족하면 20억을 추가로 지급하겠다는 내용도 있습니다만."

"형식상의 결혼에 흔적을 남기고 싶진 않으니까요. 아쉽지만 20억은 포기하도록 하겠습니다."

"최소 3년의 결혼 생활: 세영 씨가 원한다면 기간 연장도 얼마든지 가능합니다. 아이를 낳고 그 아이가 저를 이어 회사를 물려받는 것도 나쁘지 않겠네요."

10억보다 훨씬 이익이 크기에 경호는 떠보듯이 유혹적인 제안을 건넸다.

"신데렐라가 되려면 마법이 필요하겠죠. 하지만 여긴 동화 속 세계가 아니라서요."

세영은 무심하게 중얼거리며 계약서에 줄을 그었다. 그리고 다시 서류를 살피다 입을 열었다.

"그런데 이상하네요. 아이에 대한 조항은 있는데 성관계에 대한 조항은 왜 없나요?"

"부부 사이에 당연히 따라와야 할 일이니까요. 물론, 우세영 씨가 원하지 않는 한 제가 강제로 범하는 일은 없을 겁니다."

"그걸 어떻게 믿죠? 계약으로 함께 사는 사이지만, 남녀가 한집에 살다 보면 무슨 일이 일어날지 아무도 모르잖아요."

세영이 미심쩍은 눈길을 보내자 경호는 슬쩍 몸을 의자 뒤로 기대며 말했다.

"여자들은 남자를 전부 발정 난 짐승으로 보는 경향이 있죠."

"그게 의지대로 된다는 뜻 같은데요."

"전 이성적인 사람이니까요."

"아니면…… 부실한 사람이거나."

"……."

억지 미소를 짓던 경호는 계약서를 슥 집어 올려 보란 듯한 부분을 가리켰다.

"세영 씨 말대로 의지가 본능을 늘 이길 수는 없겠죠. 전 신체 건강한 남자고 세영 씨 또한 원할 때가 있지 않겠습니까?"

"아니요. 절대 그럴 일은 없을 겁니다."

"물론 저도 그럴 일은 없을 겁니다만, 서로 다른 이성과 관계를 맺는 일만큼은 없어야 하니까요. 여기 이 부분. 결혼 생활을 유지하는 동안 일체의 유흥 활동을 금지하는 조항입니다. 이를 위반해 저의 사회적 품위를 손상시키는 일은 없도록 해 주십시오. 그리고 그다음 조항. 문제가 생겨 결혼 생활의 파탄 원인을 제공하게 될 시 책임을 물을 겁니다. 세영 씨가 받게 될 위자료에 문제가 생긴다는 뜻입니다."

"......"

"기분 나쁘게 들리실지 모르겠지만, CL그룹 하나뿐인 며느리로서의 품위 유지. 꼭 지켜 주시길 바랍니다."

"즉, 바람피우지 말라는 뜻이군요."

"물론 세영 씨가 정 참기 힘들다면 제게 와서 푸는 것쯤은 용인해 드리죠."

"절대 그럴 일 없습니다, 고객님."

좀 더 딱딱해진 세영의 대꾸에 경호는 피식 웃음을 머금었다.

"왜 웃으세요?"

"너무 정색을 하니, 반대로 절 의식하는 게 아닌가 해서요."

"원나잇도 하는 세상에 제가 너무 고리타분하게 군다는 말씀이시군요."

"진심으로 제가 취향이 아니라서 한 말이라면, 제가 아쉬워해야겠죠."

"네?"

"여덟 살이나 어린 여자를 마다할 남자가 있을지 모르겠네요."

세영은 그가 농담으로 하는 말이라는 걸 알았지만 무뚝뚝하게 받아쳤다.

"그렇군요. 전 지금까지 연하만 사겨 봐서. 제가 동안이기도 하고."

"……."

경호와 세영은 서로 말없이 수 초간 바라보았다. 그러다 세영이 먼저 싸늘하게 입을 열며 계약서를 잡아챘다.

"아무튼 굳이 조항에 넣을 필요는 없을 것 같으니 넘어가겠습니다."

그러자 경호가 그녀의 손에서 계약서를 다시 뺏어 들고 단호한 목소리로 말했다.

"하나 더 추가해야겠습니다."

"?"

"다이어트는 금지. 보기 흉할 정도로 마른 아내가 아버지 병원에 들락거리는 게 다른 사람들에게 어떻게 보일지는 설명하지 않아도 아시겠죠?"

"걱정 마세요. 다이어트는 끝났습니다. 그것도 그냥 일이었거든요."

"일?"

"모델의 다이어트 파트너가 되어 준 겁니다."

"정말 온갖 상상할 수 없는 의뢰들이 들어오는군요."

세영은 그에게서 계약서를 다시 뺏어 왔다.

"고객님이 하실 말씀은 아닌 것 같네요."

그러고는 슥슥, 사인을 마친 종이 뭉치를 그의 앞에 턱 하니 내려놓았다. 경호의 입가에 만족스러운 웃음이 떠올랐다.

"그럼 계약이 성사되었군요."

결혼식까지 이어지는 여정은 의외로 복잡하지 않았다.

한적한 자리에 위치한 고급스러운 식당을 통째로 빌려 결혼 당사자와 양가의 부모님을 초대한 자리는 그야말로 희극 그 자체였다.

의료진에 둘러싸여 요란하게 등장한 할아버지와 못마땅한 심기를 굳이 숨기려고 하지 않는 아버지. 여전히 남자들의 등쌀에 안절부절못하는 새어머니. 그리고 영문도 모른 채 재벌가의 사람들에게 둘러싸여 당장 숨이 넘어갈 듯한 얼굴로 진땀만 흘리는 그녀의 삼촌까지.

그야말로 카오스가 무엇인지 보여 주는 듯한 현장이었다.

"처음 뵙겠습니다. 우세영이라고 합니다."

"우리 경호하고는 언제 어떻게 만났나?"

그의 할아버지는 수술 날짜가 임박한 70대 환자답지 않게 대뜸 질문부터 올리며 예리하게 그녀를 살폈다.

세영은 조금도 주눅 들지 않고 꽤 의연한 태도로 대답했다.

"경호 씨가 제가 나오는 연극을 보러 왔었어요. 인상 깊었다며 먼저 말을 걸어 준 것을 계기로 점차 가까워졌습니다. 결혼까지 이야기가 나올 줄은 몰랐지만……."

'연애를 해 온 사이'라는 설정에 걸맞도록 쑥스러운 웃음을 섞어 대답하는 광경은 누구에게든 사랑스럽게 보였을 거다.

"무슨 연극?"

"유명하진 않아요. 소극장에서 잠깐 했었습니다."

"왜 그만뒀나? 듣자 하니, 대학을 중퇴할 정도로 하고 싶은 일이었던 모양인데."

"삼촌 사업이 어려워져서 제가 뭐라도 돕고 싶었습니다. 연극은 그다음에 해도 늦지 않으니까요."

"거 요즘 보기 힘든 아가씨구만."

신붓감으로 남자만 아니면 된다는 아주 파격적인 조건을 제시해 놓고 기대감을 맨틀 핵까지 낮춰 놓았을 할아버지가 짧은 말로 감상을 표현했다.

그러나 그 흡족한 미소만으로도 할아버지가 얼마나 그녀를 마음에 들어 하는지 충분히 알 수 있었다. 애초에 할아버지는 재벌가의 흔한 아가씨들을 그리 좋아하지 않았으니 말이다.

게다가 첫 만남 때의 강렬한 장면은 차치하더라도 그녀는 묘하게 시선을 잡아끌 만큼 미인이었다. 미추(美醜)의 개념을 머리에 잘 심어 두지 않은 탓에 처음에는 의식하지 못했지만, 몇 번의 추가적인 만남을 겪으며 그는 자신이 제대로 원석을 발굴했음을 깨닫게 되었다.

단아하고 오밀조밀한 이목구비에 전문가의 손길을 받은 '아나운서' 메이크업과 고급스러운 정장 차림은 할아버지의 이상형에 딱 맞아떨어졌다.

"아닙니다. 삼촌이 그동안 저한테 해 주신 걸 생각하면 너무 당연한 일인데요."

"삼촌께서도 질녀를 아주 잘 키워 주신 모양입니다."

할아버지의 칭찬에 세영의 삼촌은 몸 둘 바를 몰라 했다.

"아, 아닙니다. 제가 무능해서 젊은 애가 고생을 많이 했습니다. 마음에 안 드는 게 있으시더라도 너그럽게 이해해 주십시오."

"보시다시피 우리 집안이 영 편한 곳은 아닙니다만, 너무 부담 갖지 마시고 그냥 이 결혼 진행합시다."

호쾌하고 빠른 결론이었다.

이후는 물 흐르듯 순조로웠다. 상대의 집안을 배려해서인지 날짜를 잡은 날, 할아버지는 정중히 예단과 혼수는 거절하겠다고 의사를 밝혔다.

어차피 돈은 집에 남아돌뿐더러 갑자기 결혼을 요구한 것이 오히려 죄송스럽다는 이유에서였다.

그 소식을 전해 들은 그녀는 왠지 멋쩍게 웃으며 말했었다.

"어쩐지 사기 치는 기분이라 좀 죄송한데요."

"할아버지께서 그런 제안을 안 하셨더라도 어차피 제가 다 해결할 생각이었습니다. 너무 신경 쓰지 마세요."

"그런가요? 뭐, 그렇긴 하겠네요. 형식뿐인 결혼이니."

입을 다물고 뭔가 생각하던 그녀는 한참 만에야 씁쓸한 표정을 지으며 말을 이었다.

"고민되네요. 예쁘게 봐 주신 걸 생각하면 더 잘해 드려야 하는데 나중을 생각하면 너무 정을 붙이지 말아야겠고…… 경호 씨는 어떻게 하는 게 좋을 것 같나요?"

생각지 못한 질문에 그는 말문이 막혀 버렸다. 적당히 대답을 얼버무렸지만, 그녀 역시 머릿속이 복잡해지는 건지 더 이상의 확답은 요구하지 않았다.

시간은 빠르게 흘렀다. 예식은 가까운 지인들만 초대된 가운데 호텔에서 비밀리에 치러졌다. 거창하게 소문을 낼 가문 간의 결합이 아니었기에 가능한 일이었다.

요란한 친구들의 축하도, 짓궂은 이벤트도 없는 차분한 결혼식장에서 하객을 맞이하던 경호는 신부가 도착했다는 소식에 대기실로 걸음을 옮겼다.

도우미들과 함께 엔티크 스툴에 다소곳이 앉은 인영이 눈에 띄었다.

"우세영 씨……."

무심히 들어서던 경호가 흠칫하며 자리에 멈춰 섰다.

가장 먼저 눈에 들어온 건 동그랗게 모습을 드러낸 하얀 어깨였다. 그리고 뚜렷하게 새겨진 쇄골과 의외로 봉긋한 가슴.

흠칫하며 눈을 들자 왠지 조금 낯설어 보이는 얼굴이 그를 마주했다.

동그랗게 치켜뜬 눈매. 발그레하게 물든 뺨. 요염하게 체리빛을 띤 도톰한 입술이 슬쩍 열렸다.

"왜요? 혹시 저 이상해요?"

이상한 건 제 눈일까. 받아들이는 머리일까.

경호는 힘겹게 목소리를 밀어냈다.

"……아닙니다. 전혀."

조촐하게 치러지는 결혼식이라 해도 재벌가의 행사였다. 추리고 추렸으나 초대된 사람만 200명이 넘었다. 피로가 풀리지 않은 상태에서 내내 손님을 맞느라 지칠 대로 지친 상태라는 걸 감안해도…….

"이상하지 않습니다."

좀 더 정확히 말하면…… 예뻤다. 순간 가슴이 철렁할 만큼.

그 사실을 떠올린 경호는 무의식중에 표정을 굳혔다. 좀 더 강해진 심장의 박동. 묘하게 올라가는 몸의 온도. 썩 달갑지 않은 현상이었다.

"그런데 왜 그런 얼굴이에요? 꼭 무슨 컬쳐 쇼크라도 받은 표정인데요?"

"제가…… 그랬습니까?"

"일정이 너무 촉박해서 무리하신 거 아니에요?"

기다란 속눈썹을 깜빡이며 걱정스러운 눈빛을 해 보이던 그녀가 스르륵 일어나더니 하얀 레이스 장갑으로 가려진 손을 내밀었다. 손끝이 그의 이마를 스친 순간, 또 한 번 심장이 덜컥했다.

"괜찮아요?"

괜찮지 않아.

"어디 좀 봐요."

좀 더 몸을 곧추세우던 그녀가 그를 향해 얼굴을 내밀었다.

그 순간 저를 빤히 바라보던 눈동자 때문이었을까. 붉게 빛나는 입술을 모으며 짓던 걱정스러운 표정 때문이었을까.

쪽.

"경호 씨!"

저도 모르게 그녀의 입술에 입을 맞춰 버린 순간, 정말로 놀란 듯 외마디 비명을 외친 그녀가 커다란 눈을 더 크게 부릅떴다.

그 얼굴이…… 너무 예뻤다고 하면 이유가 될까.

'그럴듯한 이유군.'

이름뿐인 부부로서의 첫발을 딛는 날임에도 이 순간, 그는 제 발로 수렁에 빠져들었단 느낌을 지울 수가 없었다.

미소를 지어 보인 경호가 태연히 말했다.

"본식 예행연습입니다. 들어가서 놀라면 안 되니까."

#2

수상한 아내

신혼살림을 차린 곳은 경호의 아파트였다. 할아버지는 새
로운 집을 구해 살아야 하지 않느냐고 제안했지만, 번거롭다
는 이유로 거절했다.

그는 네 개의 방 중에서 서재와 침실 용도로 쓰이는 방 두
개를 비롯해 무엇도 건드리지 말라는 엄포를 놓았다. 어차피
웬만한 물건들은 다 채워져 있었고, 복잡하게 늘어놓는 게
딱 질색이라는 이유에서였다.

그나마 침대만이라도 새것으로 넣어 주고 싶다는 새어머
니의 의견을 받아들여 보여 주기용으로 부부 침실 하나를 꾸
민 게 전부였다.

당연히 방은 각방을 썼다. 고민할 것도 없이 새어머니의 손길이 닿은 안방이 세영의 차지가 되는 것으로 분배는 끝이었다.

그렇게 시작된 두 사람의 신혼 생활은 신혼이라는 단어가 무색하도록 건조했다.

신혼여행 대신 택한 이틀의 휴가와 이어진 주말은, 양가를 다니며 인사를 하는 것으로 보냈다. 그 후로는 결혼 준비로 미뤄 두었던 일들과 주변을 정리하느라 하루하루가 어떻게 지나가는지도 모를 정도였다.

그 탓에 두 사람이 얼굴을 마주 보는 것은 아침 식사 때와 저녁 식사 때뿐이었는데, 그마저도 경호가 저녁을 밖에서 해결하고 오는 일이 빈번해 마주치는 경우가 거의 없었다.

주말 역시 마찬가지였다. 경호는 평일과 주말의 구분 없이 일에 매달렸고, 세영은 주말마다 자신의 집으로 돌아갔다. 마치 주 5일 근무를 하고 퇴근하는 사람처럼.

각자 자기 할 일만 하면 되는 동거인.

두 사람의 관계는 딱 그 정도였다.

"아무래도 그릇은 좀 사야 할 것 같아요. 아, 냄비 세트도요."

막 찌개로 숟가락을 옮기던 경호가 멈칫하며 고개를 돌렸다.

평소처럼 먼저 저녁을 먹고 경호의 늦은 저녁상만 차려 놓은 세영이 제 방에 돌아가지 않고 건네 온 말이었다. '식사하세요'나 '잘 다녀오세요' 따위의 대화가 전부였던 두 사람의 일과에 새로운 말이 추가된 순간이었다.

세영은 경호의 맞은편에 앉아 이야기를 이어 나갔다.

"아, 그냥 듣기만 하세요. 제가 불편해서 사는 거니까 제 돈으로 해결할 생각이에요. 너무 잡다하게 늘어놓진 않을 테니까 안심하라고 말씀드리는 거예요."

"그럴 거 없어요. 그런 건 지난번에 준 카드로 해결해요."

"흠, 경호 씨한테 필요한 물건이 아니라 제가 불편해서 사는 건데요?"

"일단 이 결혼 생활에서 당신이 필요하다 생각하는 건 마음대로 사도 됩니다. 일일이 계산하고 영역을 나눠서 허락받고 그러는 건 시간 낭비예요. 일종의 집행비라 생각하고 정 불편하면 통보만 해 주세요. 그쪽이 서로 부담스럽지 않을 테니까."

"아…… 그렇네요. 알겠습니다."

쉽게 수긍한 세영은 할 말은 그것뿐이었는지 자리에서 일어났다.

"그게 다입니까?"

그런 세영의 태도에 이상하게 섭섭함을 느낀 경호는 저도 모르게 묻고 말았다.

세영이 그를 내려다보며 눈을 깜빡였다.

"네? 제가 따로 전해야 할 말이라도 있나요?"

경호는 사무적인 태도를 고수하는 그녀를 보고 실소했다. 회사 사람들도 제게 이 정도로 딱딱하게 굴지는 않았다. 어쩌면 돈으로 그녀를 산 제 인성을 보고 더 물러서는 건지도 몰랐다.

"그런 게 아니라, 이왕 앉았으니 세영 씨도 같이 먹지 그래요."

"전 벌써 먹었죠."

"그럼 다음부터는 굳이 이렇게 따로 차려 놓을 필요 없어요. 어차피 저녁은 주로 먹고 들어오니까."

"오늘은 안 드시고 오셨잖아요."

"혼자 살 때는 간단하게 알아서 먹었어요."

"지금은 제가 있으니까요."

"나 혼자 먹겠다고 상 차리고 기다리는 거 부담스럽습니다."

"그럼 앞으로는 저도 먹지 말고 오실 때까지 기다릴까요?"

"그게 아니라……."

경호는 그녀와 대화를 할수록 말하고자 하는 방향에서 벗어나고 있다는 걸 깨닫고 잠시 말을 멈추었다.

결국 빙빙 돌리지 않고 하고 싶은 말을 직접적으로 할 수밖에 없는 것인가.

"이렇게 의무적으로 일할 필요는 없다는 겁니다. 저는 세영 씨를 아내로 고용한 거지, 가정부로 고용한 게 아닙니다."

"아내로 고용하신 거죠. 그래서 저는 전업주부 역할을 충실히 할 의무가 있고요."

"그럼 내가 가정부를 고용한 게 아니라 아내를 고용한 기분을 느끼게 해 주시겠습니까?"

"어떻게 하면 그런 기분을 느낄 수 있으신가요? 설마 제게 관계를 요구하시는 건 아니겠죠?"

"그것도 나쁘지 않지만, 적어도 내가 내 집에서 회사 밥을 먹는 기분으로 식사하고 싶지 않다는 말입니다. 앉으세요. 밥만 차려 놓고 사라지지 말고."

"……혼자 드시는 게 더 편할 줄 알았는데요."

"뻔히 사람이 있다는 걸 아는데, 더군다나 그 사람이 차려준 밥을 혼자 먹고 있는 데 그게 썩 편한 기분은 아니죠."

어느 정도 공감하는 부분이 있었던 건지 세영이 의자를 빼고 앉았다.

하지만 정작 그녀를 붙잡아 두고 나니 왜 갑자기 할 말이 떠오르지 않는 걸까. 멋쩍음을 감추듯 괜스레 눈앞의 요리를 가리켜 보인 경호가 슬쩍 말문을 텄다.

"꽤 맛있군요. 요리는 따로 배운 겁니까?"

"딱히 배우진 않았어요. 그냥 예전에 엄마가 해 주던 음식이 먹고 싶어서 기억나는 대로 만들다 보니까 그럭저럭 하게 됐어요."

"부모님이 교통사고로 돌아가셨다고 했죠?"

"네. 아주 어릴 때라 사진이 없었으면 부모님 얼굴도 기억 못 했을 거예요. 그런데도 몸의 감각이라는 게 참 무섭다니까요. 혀가 그 맛을 못 잊어요."

"그래서 지금은 어머님 음식이랑 맛이 같은가요?"

"아뇨. 아무리 해도 그 맛은 안 나요."

세영은 딱히 슬퍼하거나 안타까운 표정이 아니었지만 경호는 그녀에게 조금 연민을 느꼈다. 방금 떠올랐지만 저 역시 친어머니가 해 주던 음식 맛을 기억하고 있는 것 같아서였다.

"위로가 될지는 모르겠지만 세영 씨 음식도 충분히 괜찮습니다."

"알아요. 사촌 동생이 제 요리를 아주 좋아하거든요."

그녀가 주말마다 집을 나가는 이유는 그 사촌 동생 때문이었다.

그러고 보니 아직 병원에 있다고 했던가…….

"사촌 동생은 음식에 신경을 많이 써야 하지 않나요?"

"네, 맞아요. 온갖 음식에 알레르기가 있으니까요. 재료야 뭐 선별하면 된다지만, 사실 어떤 환경에서 만들었는지가 문제가 돼요. 그럴 땐 뭐가 원인인지도 몰라서 더 위험하고요. 음식을 만들 때는 그 점을 항상 염두에 두는데, 그러면서 맛까지 신경을 쓰려니 보통 힘든 게 아니에요."

그런데도 불구하고 자신이 한 음식이 맛있다며 세영이 큰 소리를 치는 걸 보고 경호도 고개를 끄덕였다.

윤기가 자르르 흐르는 고슬고슬한 잡곡밥에 아직도 뚝배기 안에서 뜨거운 김을 올리고 있는 된장찌개. 버섯과 함께 볶은 소불고기를 중심으로 정갈하게 놓인 밑반찬들.

경호는 애초에 음식에 대해 맛이 있다 없다, 그런 감흥이 별로 없었다. 미식가도 아니었고 식사도 비즈니스의 일환일 때가 많았다. 그런데 지금 그는 식탁을 감상하고 평가하고 있었다.

문득, 지난 주말의 묘한 경험이 오버랩됐다.

사실상 주 5일 근무를 하게 된 그녀는 주말이 되면 사촌 동생 영은을 보살피러 병원에 갔다.

아픈 사촌 동생이 있다는 걸 아는 집안에서도 주말마다 외출하는 그녀를 탓하거나 묘한 눈으로 보진 않았다.

도리어 할아버지는 오랫동안 본가의 일을 해 온 광주댁을 주말마다 그의 집에 보내는 것으로 손자며느리를 감싸 주고 있었다.

그런데 그게 문제였다.

"젊은 새댁이 음식은 제대로 잘하는지 모르겠네요. 요샌 다들 나가서 일하고 공부하기 바쁘지, 집안일까지 하는 사람이 얼마나 있을까 싶어서."

인심 좋게 웃던 광주댁이 바리바리 싸 온 음식을 하나둘 상에 차리기 시작했다.

"어서 들어요."

거의 평생을 먹어 왔다 해도 과언이 아닐 광주댁의 요리였 기에 경호는 별다른 의구심 없이 음식에 손을 댔다.

그런데 뭔가 이상했다. 광주댁의 된장찌개가 이렇게나 짰 던가. 종종 담가서 내놓던 장아찌와 각종 밑반찬들은 이상하 게 입안을 겉돌았고, 야심작이었을 갈비찜도 이상하리만치 달기만 해 도무지 젓가락이 가질 않았다.

결국 밥공기를 반도 비우지 못한 경호가 그대로 일어서자 아주머니는 의아한 얼굴을 하고서 물었다.

"왜…… 맛이 이상해요?"

"아닙니다. 요즘 밀린 일 처리하느라 피곤해서 그런지 식욕이 좀 떨어진 거 같네요."

고민 없이 튀어나온 핑계를 입에 올리면서도 그는 냉정히 이 상황을 머릿속으로 파악하고 있었다.

아주머니의 요리법은 전혀 달라지지 않았다. 달라진 건 제 입맛이었을 뿐.

그녀의 담백하고 정갈한 요리에 길들여지기 시작한 자신의 혀가 문제라는 걸 이제야 문득 깨달아 버리고 만 것이다.

"참. 다음 주 중으로 영은이 퇴원해요."

"다행이군요."

"그래서 말인데요. 당분간 영은이 돌봐 주러 금요일 저녁부터 집에 가 있으려고요."

무심코 수저를 뜨던 경호가 멈칫했다.

"삼촌이 금요일, 토요일 밤에는 대리운전을 하시기로 했거든요. 아무래도 이제 제가 벌어서 생활비를 보탤 수는 없으니까요."

"계약금으로 받은 3억은 삼촌한테 드리려던 게 아니었습니까?"

"그건 삼촌 급한 빚 갚는 데 썼어요. 아직도 갚을 빚은 많이 남았고요. 당분간은 힘들 거예요. 음. 그러니까 제가 이혼할 때까지는요."

"아……."

경호는 그녀가 금요일 밤에 집에 없다는 게 마음에 들지 않았다. 토요일 아침에도 광주댁이 해 주는 밥을 먹어야 한다는 점 때문일까.

"계약금을 더 드리죠. 당장 급한 돈이 얼마나 됩니까?"

"아니, 그러실 것까지는 없습니다."

"세영 씨는 저한테 꽤 큰돈을 받고 일하고 있습니다. 그렇지 않습니까?"

"그렇죠."

"그럼 이 일에 충실해 주셨으면 합니다."

"……."

"얼마가 필요합니까."

"아닙니다. 제가 조금 안일하게 생각한 것 같습니다. 개인적인 문제니까 알아서 처리하겠습니다."

아. 실수였다.

경호가 그걸 깨달았을 때는 이미 그녀가 완벽한 접객 모드로 무장한 뒤였다. 모처럼 훈훈했던 식탁 분위기가 급속도로 싸늘해졌음을 느낀 경호는 수저를 내려놓았다.

"잘 먹었습니다."

"쉬세요. 그럼."

그의 말이 떨어지기 무섭게 세영은 맞은편 자리에서 일어나 상을 치우기 시작했다.

경호는 늘 그랬던 것처럼 뒤도 돌아보지 않고 주방을 나섰다.

챙그랑.

"!"

좀처럼 집 안에서 들은 적 없는 생소한 소리에 흠칫 놀라 돌아보니 식탁 아래에 컵이 떨어져 산산조각 나 있었다.

"죄송합니다!"

세영은 재빨리 쪼그려 앉아 깨진 컵 조각을 향해 손을 뻗었다.

"!"

그런데 그녀의 손이 유리에 닿기 직전, 경호가 그녀의 손목을 붙잡았다. 세영은 손목을 죄는 힘을 느끼고 놀라서 그를 올려다보았다.

경호는 미간을 찌푸리며 그녀에게 질책하는 어투로 말했다.

"다른 건 똑 부러지게 잘하면서 유리를 손으로 치우는 어설픈 행동은 뭡니까?"

"큰 조각만 우선 치우려고 한 거예요. 웬만해선 이 정도로 다칠 일 없어요."

"바보 같은 소리."

"네?"

"됐어요. 그냥 두고, 일단 다른 것부터 치워요. 내가 할 테니까."

"아닙니다."

"이런 걸로 실랑이 벌이고 싶지 않군요. 세영 씨가 아내 역할을 해 줘야 한다면 나는 남편의 역할을 해야 할 의무가 있으니까."

"이건 제 실수니까 제가 처리하는 게 맞아요."

새침한 표정으로 고집을 부리는 세영의 모습이 아무리 봐도 제게 시위를 하는 것 같았다. 돈 받는 만큼 열심히 일하라는 말이 많이 서운했던 모양이었다.

어쩐지 그 모습이 귀여워 경호는 픽, 하고 웃음을 흘리고 말았다.

"이 정도 실수로 컵 값을 따로 청구하지는 않을 테니까 그냥 둬요."

목소리도, 손아귀의 힘도 한결 부드러워졌다.

세영은 그에게서 빠져나온 손목을 주무르며 고개를 옆으로 돌렸다.

"다행이네요. 그렇게 속 좁은 남편을 만난 건 아니라."

그녀의 목덜미가 붉어졌지만 그걸 눈치챌 만큼 경호는 세심한 성격이 못 되었다.

* * *

"난 아무리 생각해도 이해가 안 간다."

"뭐가?"

난데없이 튀어나온 정태의 볼멘 목소리에 세영은 무심히 되물었다.

결혼식을 올리고 난 후, 처음으로 만나는 자리였다. 한경호와의 계약이 성사되고 결혼 날짜가 잡힌 다음 날, 세영은 본의 아니게 정태에게 일을 그만두겠다고 통보를 해야 했다.

갑자기 이러는 게 어디 있느냐, 혹시 내가 뭘 서운하게 했느냐 묻는 정태에게 할 수 있는 대답은 딱 하나뿐이었다.

"나 결혼하게 됐어."

그 말에 한동안 말문을 잃었던 정태는 그 당시 못 했던 이야기를 다 쏟아 낼 참인지 툴툴거리며 말을 이어 갔다.

"대체 언제 연애를 한 건지, 왜 이렇게 빨리 결혼을 해치운 건지. 전혀 이해가 안 간다고. 너 그런 기색도 없었잖아."

"비밀 연애 하는데 광고하니, 그럼?"

"거창하게 비밀 연애씩이나…… 하긴, 남편이 그런 재벌가 사람이니 그럴 만도 하다만 그래도……."

세영은 이어지는 말을 들으며 믹스커피가 담긴 종이컵을 집어 제 입술에 가져다 댔다.

겉으로는 다소 껄렁하게 대해 왔지만, 알게 모르게 저를 챙겨 온 정태에게 늘 고마운 생각을 가지고 있었다. 이 꺼림칙한 느낌은 그런 정태를 속였다는 죄책감 탓일 거다.

그리워하던 달콤한 향의 싸구려 커피가 혀에 착착 감겼다.

그녀가 아무렇지 않게 커피를 음미하는 동안 정태는 평소와 달리 진지하고 어두운 안색으로 말을 꺼냈다.

"아무튼…… 난 너 웨딩드레스 입은 모습 보고 싶었다. 축하도 제대로 못 해 줬잖아. 자꾸 마음에 걸리고 뭐 그렇네."

"별것 없었어. 상황이 이렇다 보니 예식도 간소하게 했고. 더군다나 그날 어색해서 죽는 줄 알았어. 화장을 얼마나 두껍게 해 주는지……. 아마 누군지 몰라봤을걸?"

정태는 태연한 세영의 태도에 울컥했다. 그동안 세영에게 저는 가장 특별한 사람이라고 여겼다. 그런데 자신만의 착각이었다는 생각이 들자 화가 나기도 했고, 세영의 무심함이 서운하기도 했다.

"진짜 너무한다. 내가 네 친구인 건 맞아? 어떻게 미안한 기색이 조금도 없어?"

"아, 결혼식에 오고 싶었던 거야? 나도 어쩔 수 없었어. 일가친척만 불러서 간단히 하자는데 뭐라고 하겠어. 아무래도 내가 자기들 격에 맞지 않아서 부끄러운가 봐. 여기저기 알리기 싫었던 것 같아."

"그러게 그런 결혼을 왜 하냐! 그냥 비슷한 사람이랑 하면 좀 좋냐고! 앞으로도 비굴하게 그쪽에서 하자는 대로 하면서 살 거야?"

세영은 정태가 버럭 화를 내자, 눈을 동그랗게 뜨고 놀란 표정을 지었다.

"왜 이래? 내가 어떻게 살든지 너랑 무슨 상관이라고."

"……."

그녀의 무정한 한마디가 정태의 가슴을 쩌억 갈라지게 만들었다. 그런 줄도 모르고 세영은 제멋대로 추측해 또 한 번 정태의 마음을 찢어 놓았다.

"너 혹시…… 내가 갑자기 회사 그만둔 것 때문에 그래?"

"우세영, 진짜…… 후."

"뭐? 내가 뭘?"

한숨을 푹푹 내쉬던 정태가 체념한 목소리로 말했다.

"됐다. 그래, 네 말대로 그거야. 내가 그동안 네 편의를 얼마나 봐줬냐. 근데 달랑 그만둔다는 말 한마디로 끝내?"

"그건…… 그러네. 미안해."

순순히 사과하는 세영의 모습을 보고 있자니 왠지 더 속이 뒤집히는 것 같아 정태가 길게 숨을 내쉬었다.

"사과하지 마. 좋은 일에 초치는 놈 된 것 같아서 기분 나빠."

"야, 미안한 건 미안한 거지. 무슨 그런 생각을 해. 그보다 뭐 도와줄 건 없어? 내가 갑자기 그만두는 바람에 스케줄에 지장 생겼지? 간단한 일 하나만 줘 봐. 마지막으로 일해 줄게."

"이젠 돈이 안 급하다 이거지?"

"빈정거리지 마라. 확, 이것도 안 해 주는 수가 있어."

"그러지 말고 시간 나고 무료할 때 종종 해 볼 생각 없어? 재벌가 생활 너랑 안 맞을 것 같은데. 솔직히 따분하지?"

"이래저래 적응하느라 따분할 시간 없어. 그리고 자꾸 불러내지 마. 나 이제 유부녀야."

딱히 저를 불편하게 만드는 일은 일어나지 않았지만, 그래도 항시 조심스럽게 행동해야 할 때였다.

세영은 결혼 파탄의 원인 제공자가 될 수 없었다. 경호와의 결혼 생활에 충실해서 많은 위자료를 받는 것이 최선이었다. 이런 곳에 자주 출입하다 보면 자칫 구설수에 오를 수도 있었다.

"설마 남편이 너 남자 사람 친구 두는 것도 싫어하고 그래? 무지 보수적인가 보다. 아니면 집착?"

"야, 신혼인데 당연한 거 아니야? 나라도 내 남편이 그러고 다니면 불쾌해."

저도 모르게 톡 쏘듯이 내뱉어 버린 말에 세영은 적잖이 당황했다.

이상한 일이다. 은근히 경호를 깎아내리는 듯한 정태의 말투가 영 듣기에 거슬렸다. 어차피 서류상의 남편이고 계약으로 엮인 갑을 관계일 뿐인데 왜, 어째서…….

"편드는 거 보니까 진짜 연애를 하긴 한 모양이네."

"당연하잖아. 내…… 남편인데."

'남편'이라는 단어를 내뱉자 왠지 모르게 기분이 이상해졌다.

정태에게는 좀 미안한 일이었지만, 눈앞에 다른 남자를 보고 있는 지금에야 한경호라는 남자의 진가를 제대로 느끼는 기분이었다. 이 순간, 세영은 어제 저녁 제 앞에서 식사를 하던 남자의 얼굴을 떠올리고 있었다.

귀족가의 잘 자란 자제가 있다면 바로 이런 모습일까. 젓가락질을 하는 모습도 우아했던 남자는 그날따라 묘하게 부드러운 느낌이었다. 만난 지 얼마 되지도 않았는데, 그는 미묘하게 매번 다른 모습을 보여 왔다.

"저와 이혼을 해 주십시오."

그 엉뚱한 말을 꺼내 놓고서도 거침없이 페로몬을 뿜고.

"물론, 세영 씨가 정 참기 힘들다면 제게 와서 푸는 것쯤은 용인해 드리죠."

조금은 짓궂은 소리를 아무렇지 않게 입에 올려 댔다.

"위험하니까 그냥 두고, 일단 다른 것부터 치워요. 이건 내가 할 테니까."

화난 듯 굳은 얼굴로 손목을 붙들고 타박하기도 했지만, 걱정이 담긴 말이라는 걸 알았기에 기분이 나쁘진 않았다.

머릿속에 그의 모습들이 떠오르자 기다렸다는 듯 심장이 존재감을 드러내며 뛰기 시작했다. 여태껏 한 번도 느껴 본 적 없었던 설렘과 두근거림이었다.

그러니 지금, 가슴 한켠에서 움트기 시작한 왠지 모를 서운함은 절대 그의 탓이 아닐 거다.

그녀는 지나치게 제 처지에 대한 자각이 빠른 사람일 뿐이었다.

누구나 부러워할 만한 남편감. 하지만 자신은 절대 가질 수 없는 남자.

차분히 생각을 정리한 세영이 씁쓸한 목소리로 덧붙였다.

"그 사람. 진짜 괜찮은 남자야……."

아내라는 이름조차 가당치 않을 만큼.

　

찰싹.

날카로운 소리와 함께 왼쪽 뺨에서 불길이 일고 눈앞에서 번개가 치는 것 같았다. 얼얼한 뺨을 붙든 세영이 간신히 몸을 추슬렀다.

이미 각오는 했던 일이었지만 현실로 닥치자 만만치 않았다. 정신이 다 혼미해질 지경이었다.

그녀의 뺨을 후려친 사모님은 화가 머리끝까지 난 모양인지 또 한 번 손을 치켜들었다. 그러자 세영 또래의 여자가 재빨리 팔을 붙잡고 늘어졌다.

"어, 엄마. 진정해!"

"내가 지금 진정하게 생겼어! 이게 얼마짜린데!"

축구를 해도 될 만큼 넓은 저택이었다. 그 넓은 거실의 한쪽에서 세영은 고개를 푹 숙인 채 깨진 도자기를 허망하게 바라보며 죄인처럼 서 있었다.

"그렇다고 사람을 때리면 어떡해! 물어 달라고 하면 될 걸 왜……!"

"물어 줘? 하! 남의 집 가정부나 하는 주제에 1억이 넘는 도자기 값을 어떻게 물어 줘! 그리고, 저 도자기가 돈만 받으면 끝날 물건이야? 다시 구할 수도 없는데!"

여전히 분이 덜 풀린 듯 악다구니를 쓰는 사모님 앞에서 세영은 침착한 목소리로 준비해 둔 말을 꺼냈다.

"죄송합니다, 사모님. 제가 꼭 배상하겠습니다. 빚을 내서라도 물어 드리겠습니다. 죄송합니다."

"그래, 엄마. 물어 준다잖아. 제발 진정해. 응?"

"돈으로 따질 수 있는 게 아니잖아! 이게 어떤 물건인데! 어? 어쩔 거야? 어쩔 거냐고!"

"아무리 그래도 사람을 때리면 어떡해! 엄마는 고소당해도 할 말 없어!"

"어휴, 속 터져! 내가 못 살아! 이래서 집안에 사람을 들일 때는 잘 생각하고 결정해야 한다고 몇 번 말하니? 어리고 경험 없는 사람은 안 된다고 그랬잖아!"

"엄마, 내가 다 알아서 할게. 보상도 받고, 회사에 연락해서 이 사람 조치 취하라고 할게. 응? 그만 진정하고 들어가서 좀 누워. 혈압 오르겠다. 어서."

세영이 묵묵히 입을 다물고 있는 동안, 여자는 제 엄마를 다독이며 어디론가 사라졌다가 돌아왔다. 그제야 고개를 드는 세영의 앞에서 여자는 안쓰러운 표정을 지으며 미안해했다.

"괜찮으세요? 정말 죄송해요."

"아닙니다. 일인데요, 뭐."

"그래도 뺨이 많이 부으셨는데…… 일단 자리 옮겨서 이야기할까요?"

현관 바깥으로 나오고서야 여자는 길게 한숨을 내쉬며 말했다.

"덕분에 살았어요. 하필 엄마가 제일 아끼던 도자기라……. 아마 제가 한 짓인 걸 알았다면 제 뺨도 때리셨을 거예요. 그러니까 너무 기분 나빠하지 않으셨으면 해요. 이거 얼마 안 되지만 치료비로 쓰세요."

"무슨 치료비씩이나요. 괜찮습니다."

"받아 주세요. 안 그러면 제 마음이 너무 불편해요."

정중하게 거절했지만 그녀는 기어이 세영에게 봉투를 쥐어 주었다. 어쩔 수 없이 봉투를 쥔 채로 세영은 깍듯하게 말했다.

"회사로 도자기 값을 입금해 주시면 일주일 후에 사모님

통장으로 넣어 드리겠습니다."

"네. 그럼 기다리고 있을게요."

그렇게 '콜미센터' 의 마지막 일이 끝나는 순간이었다.

커다란 대문을 열고 터벅터벅 길을 걷던 그녀가 문득 눈살을 찌푸렸다. 욱신거리다 못해 머리까지 지끈거리게 만드는 뺨의 통증이 심상치 않은 느낌이었다. 게다가 발을 딛을 때마다 발바닥도 찌릿한 것이 신경 쓰였다.

"후…… 이건 계획에 없었는데."

어떤 의뢰인지 알고 왔기에 머리채 정도 잡힐 각오는 하고 있었다. 다짜고짜 뺨부터 후려갈길 줄 예상하지 못했을 뿐.

"하여간 있는 사람들이 더한다니까."

중얼거리던 세영이 힐끗 시계를 봤다. 다행히 경호가 퇴근하기까지는 아직도 시간이 꽤 남아 있었다.

낮 동안은 별다른 일정이 없었고, 저녁 무렵 경호가 퇴근하면 함께 할아버지의 문병을 가기로 되어 있었다.

잠깐 보자는 정태의 전화에 안부나 전할 겸, 또 나온김에 병원에 들러 영은을 만나 놀아 주다 돌아갈 예정이었다.

하지만 이런 얼굴로 영은을 보러 갔다가는 괜히 애만 놀라게 할 것 같았다.

아쉽지만 돌아갈 수밖에.

그렇게 걸음을 돌리는데 주머니에서 벨소리가 울렸다. 경호의 전화였다.

"네, 우세영입니다."

—그렇게 받지 않아도 돼요. 어딥니까?

휴대폰 너머로 들리는 목소리에 이상하게 심장이 두근거리기 시작했다.

이건 괜히 찔려서야.

세영은 슬그머니 올린 손으로 제 가슴팍을 꾹 누르며 침착하게 입을 열었다.

"잠깐 밖에 나왔어요."

—바깥 어디요?

"음, 그러니까. 연희동 쪽이에요."

—연희동?

가볍게 의문형을 띤 말끝에는 '거기까진 왜?'라는 물음이 묻어 있었다. 차마 일을 했다고는 할 수가 없어 세영은 얼버무렸다.

"아는 사람 좀 만나려고 왔어요. 왜, 저 일하던 회사······ 기억하시죠? 거기 사장이 제 대학 동기인데 이 근처에 잠깐 볼일이 있다고 해서······."

—아, 그렇군요. 연희동이면 얼마 안 걸리겠네요.

무슨 소리인가 싶어 고개를 갸우뚱한 순간, 다시금 듣기 좋은 목소리가 흘러나왔다.

―30분만 기다려요. 김포에서 오는 길이라 좀 더 빨리 도착할 수도 있으니까. 어디 커피숍에라도 들어가 있어요.

"네?"

―그럼 이따 봐요.

뭐라 할 새도 없이 전화가 끊어졌다. 세영은 멍하니 통화가 끊긴 휴대폰을 바라봤다.

뭐라고 한 거야? 설마…….

"지금 만나자는 거야?"

그녀는 부리나케 가방을 뒤져 거울을 꺼내 들었다. 절망어린 목소리가 새어 나왔다.

"어쩌지. 이렇게 부었는데……."

얼굴을 살피며 근심하던 세영은 자신의 가슴이 두려움인지, 설렘인지 모를 이상한 두근거림을 만들고 있음을 깨달았다.

'왜 내가 왜 그 사람한테 이런 얼굴 보이는 걸 겁내는 거지?'

길이 그다지 막히지 않았던 모양인지 그는 예고했던 시간보다 더 빨리 도착했다.

아이스 아메리카노로 열심히 뺨을 식히다 전화를 받은 세영은 도착했다는 그의 말에 서둘러 커피숍을 나섰다.

곧장 보이는 골목길의 초입에서 익숙한 은색 세단 한 대와 차창을 내리고 기다리는 경호를 발견하자 두근거리던 가슴이 더 쿵쾅거렸다.

토도독, 달리다시피 다가선 세영이 물었다.

"이 시간에 여긴 어떻게 온 거예요? 회사에 있을 시간 아닌가요?"

"일단 타요. 가면서 이야기하죠."

여전히 사무적인 말투였지만 묘하게 목소리가 부드럽게 들리는 건 기분 탓일까.

차량 반대편으로 돌아간 세영은 앞좌석과 뒷좌석 사이에서 잠시 고민했다. 그 짧은 머뭇거림을 읽은 건지 조수석 창이 열리고 경호의 목소리가 들려왔다.

"조수석에 타야죠. 명색이 부부인데."

"아."

"빨리 타요."

별것도 아닌데 긴장이 되었다. 자꾸만 뻣뻣해지려는 몸을 풀며 최대한 자연스럽게 조수석에 앉는데 그가 또 말을 걸어왔다.

"혹시 맞았어요?"

역시, 짧은 시간에 다 가라앉히긴 무리였나.

어깨를 슥 올려 보인 세영은 보란 듯 아이스 아메리카노의

빨대를 물며 말했다.

"넘어졌어요."

"긁힌 흔적도 없는데요?"

"그거야 대리석 바닥이랑 부딪쳤으니 그렇죠."

"흠……."

그는 왠지 뭔가 마음에 들지 않는다는 표정을 짓더니 입을 다물었다. 말도 안 되는 변명이라는 건 지나가는 애들도 알겠지. 슬쩍 눈치를 보던 세영은 초조해졌다.

"그렇게 눈에 띄나요?"

"보자마자 알겠는데요."

그렇게 눈에 띈다는 의미일까, 그녀의 새빨간 거짓말이 다 눈에 보인다는 뜻일까.

괜스레 속이 뜨끔한 세영은 다시 빨대를 입에 물며 몸을 돌렸다. 주섬주섬 가방을 뒤져 작은 콤팩트를 꺼내 들고 재빨리 얼굴을 매만졌다.

화장을 자주 하는 편은 아니지만, 유사시에 대비해 챙겨 둔 화장품이 이럴 땐 꽤 도움이 됐다.

"이제 어때요? 괜찮죠?"

뽀얗게 잘 덮인 피부에 만족한 세영이 곧장 경호를 돌아보며 얼굴을 디밀었다.

평소 같으면 크게 문제가 될 행동은 아니었을 거다. 다만,

그가 저를 향해 몸을 기울이고 있었을 거란 생각을 전혀 하지 못했을 뿐.

자칫 그의 뺨에 이마를 박을 뻔한 세영이 그대로 굳어 버렸다.

밀폐된 차 안. 내쉬는 숨결이 얼굴에 닿을 만큼 가까운 거리. 그리고 언제나 차분히 굳어 있던 남자의 얼굴에 떠오른 미세한 표정.

그것이 당황스러움이란 걸 읽어 들인 그녀의 심장이 털썩, 내려앉았다.

'……!'

그 와중에도 본능에 충실한 시선이 남자의 얼굴에 붙박였다.

그러고 보면 이렇게 가까이에서 정면으로 마주 본 적은 처음이었다.

단정하게 정돈된 머리카락과 깨끗한 피부를 비롯해 기다랗고 진한 눈매, 남자답게 짙은 눈썹이 눈에 들어오자 새삼 심장이 뛰었다.

온갖 감탄사들이 머릿속을 덮는 통에 정신이 다 아득할 지경이었다. 저도 모르게 튀어나오려는 신음을 틀어막으려 이를 악물어야 할 만큼.

그렇게 얼마나 굳어 있었던 걸까.

"너무 두껍습니다."

"네?"

난데없이 툭 튀어나온 말. 그리고 장난이라도 친 듯 빙그레 떠오른 남자의 미소에 그녀의 눈이 휘둥그레 커졌다.

"차라리 반대쪽에 볼터치를 하는 게 더 낫지 않겠습니까?"

"아!"

그제야 흠칫하며 몸을 뒤로 뺀 세영이 거울을 보는 척 눈을 돌렸다.

"그, 그러네. 가리는 거만 생각하느라 너무 덧발랐나 봐요. 씻어 내기 전엔 어떻게 손대기 힘들 것 같은데 그냥 가죠. 참, 그보다 지금 어딜 가는 거예요?"

다시 바라본 남자의 얼굴엔 가면 같은 무표정이 돌아와 있었다.

"일이 일찍 끝났거든요."

"네?"

"……"

"……그래서요?"

왠지 뒤로 설명이 더 이어져야 할 것 같은 말인데, 그는 입을 꾹 다문 채 뭔가 생각할 뿐 입을 열지 않았다. 그러다 잊고 있었다는 듯이 시동을 걸고는 말했다.

"그 옷이나 어떻게 좀 해야겠습니다."

제 옷을 살펴본 세영이 고개를 갸웃거렸다. 갈수록 이해할 수 없는 상황이었다.

특별히 꾸미고 나올 자린 아니었기에 평소처럼 편한 청바지에 티셔츠를 걸친 차림인데……. 이게 뭐가 어때서?

"평소처럼 입은 건데 뭔가 문제 있나요?"

"좋아하는 브랜드 있습니까?"

"네? 그, 글쎄요. 딱히……."

"그럼 제가 알아서 하죠."

대화를 잘라 내듯 단호한 말을 내뱉은 그가 차를 출발시켰다. 그렇게 도착한 곳은 가로수길에 위치한 셀렉트숍이었다.

주차를 마친 그는 별다른 설명도 없이 그녀를 향해 손짓하고는 고급스럽기 그지없는 외관의 건물로 뚜벅뚜벅 들어섰다.

고급스러운 인테리어 사이로 주렁주렁 걸린 옷들과 액세서리들은 한눈에도 범상치 않아 보였다. 남자는 매의 눈으로 걸린 옷들을 살피다 원피스 한 벌을 골라 그녀에게 건넸다.

얼결에 그것을 받아 든 세영이 눈을 휘둥그레 떴다.

"이건 왜……?"

"부담 가질 필요 없습니다. 작업복이라고 생각해요."

"아니, 그게 아니라, 전 이런 옷은 불편해서 잘 안 입습니다. 제 취향도 아니고요."

예상하지 못한 답변이었는지 한동안 세영을 물끄러미 바라보던 남자가 흠, 하고 헛기침을 하더니 설명을 이었다.

"취향에 맞지 않더라도, 이젠 익숙해져야 할 겁니다. 지금까지야 우세영이라는 사람 자체로 평가받았지만, 앞으로는 한경호의 아내 우세영으로 평가받을 테니까요. 적어도 3년간은."

"……."

"이 바닥 여자들이 괜히 쇼핑을 좋아하는 게 아닙니다. 시간 나는 대로 쇼핑하러 다니면서 안목 기르고 옷장도 채워 넣으세요. 이 바닥은 눈으로 보이는 것에 민감한 곳이니까. 정 힘들면 퍼스널 쇼퍼라도 고용해서……."

"아, 아니에요. 그 정돈 할 수 있습니다."

"그래요? 다행이군요."

서둘러 내뱉은 대답에 만족한 듯 그의 표정이 조금 풀어졌다. 다시 앞장서서 디스플레이된 옷들을 살피는 경호를 보며 세영이 작게 한숨을 내쉬었다.

"……왠지 암담하네요."

취향의 문제를 들먹이긴 했지만, 더 큰 문제가 무엇인지 그녀는 아주 잘 알고 있었다.

원래 업그레이드는 쉬워도 다운그레이드는 쉽지 않은 법이었다. 이렇게 호화롭고 화려한 생활에 물들어 가는 건 분명 경계해야 했다.

'이건 일이다. 일.'

무대에 서기 위해 입는 의상일 뿐.

경호가 건넨 건 화려하지 않은 심플한 디자인의 검은색 민소매 원피스였다. 맞추기라도 한 듯 정확한 라인을 그려 내면서도 고급스러운 소재 덕분인지 야하기보다는 갖춰 입은 느낌을 주었다.

'여자 옷을 잘 고르네. 많이 해 본 건가……'

거울에 제 모습을 비추어 보다 문득 떠오른 생각이었다. 아마 제가 골랐대도 이것보다 나은 옷은 고르지 못했을 터였다.

때마침 가까이 다가온 경호를 발견한 세영은 양팔을 조금 벌리며 물었다.

"어때요? 괜찮아요?"

그녀의 얼굴에 잠시 박혀 있던 시선이 천천히 아래로 내려갔다. 그렇게 내려간 시선은 다시 그녀의 발끝에 머물렀다. 전혀 감흥 없어 보이는 목소리가 새어 나왔다.

"이것도 마저 입어 봐요. 그리고 구두도 사야겠군요."

불쑥 건네진 옷더미를 받아 든 세영은 고개를 숙여 자신의 낡아빠진 흰색 캔버스화를 바라봤다. 확실히 어울리지 않는 신발이었다.

그렇게 바리바리 챙긴 쇼핑백을 들고 구두 매장에 갔을 때였다.

남자 직원이 경호가 고른 검은색 구두를 가지고 세영의 발 아래 앉아 그녀의 캔버스화를 벗겼다.

"헉, 손님. 피가 나는데요?"

"에?"

그제야 신발 밑창이 검붉게 물들어 있는 걸 발견한 세영이 기겁했다.

어쩐 계속 아프더라니!

안 되겠다 싶어 티슈라도 있으면 가져다 달라고 부탁하려는데, 미처 입을 열기도 전에 경호가 움직였다.

소리도 없이 앞으로 다가온 그가 한쪽 무릎을 세우고 앉아 발목을 낚아챘을 때는 심장이 떨어지는 줄만 알았다.

원래부터 지니고 있었는지 너무도 자연스럽게 그의 주머니에서 꺼내진 손수건이 그녀의 발을 둘둘 동여매는 동안에도 세영은 어찌할 바를 몰라 그저 뻣뻣하게 굳은 채였다.

서슴없이 발을 만지는 경호의 태도가 놀랍기도 했지만, 이상한 기분이었다. 타인의 손길이 닿는 게 이런 느낌이었나.

"대리석 바닥에 넘어지면 발도 이렇게 찢어지는 겁니까?"

그의 차가운 음성 덕분에 세영은 정신이 번쩍 들었다.

"그러게요……."

말도 안 되는 변명에도 그가 더 묻지 않은 것은 거짓말인 걸 몰라서가 아니었다. 말하고 싶지 않다면 굳이 묻지 않겠다는 듯 선을 그은 것이었다. 세영은 어쩐지 그게 조금 서운했다.

　"저…… 이, 이제 제가 할게요. 괜찮아요."

　"도대체 뭘 하고 다니는 겁니까? 아프지도 않아요?"

　야단치는 듯한 목소리에 세영은 다시 흠칫하며 입을 다물어 버렸다. 그는 화가 난 사람 같았다.

　'그런데 왜……?'

　좀 심하게 다치긴 했지만, 그게 남을 화나게 할 일이었던가?

　의문과 함께 남자의 얼굴을 살피다 다시 가슴이 철렁했다.

　그는 정말 화를 내고 있었다. 평소와 달리 확연히 날카로워진 눈매가 섬뜩할 정도였다.

　"그, 그게 제가 좀 둔해서……."

　"어떻게 이 지경이 되도록 모를 수가 있지?"

　그의 말투가 바뀌었다. 자신에게 하는 말인지, 아니면 혼잣말인지 알 수 없어 고개를 갸웃하던 세영은 자신의 말에 대꾸하는 그의 호통에 확신했다.

　"그러게요. 운동화 어쩜 좋죠? 피가 지워질까……."

　"운동화 얘기가 아니잖아!"

그는 반말을 하고 있었다. 그뿐인가. 화를 낸다기보다 그녀를 혼내고 있었다. 무안해진 세영은 뿌루퉁한 표정으로 대꾸했다.

"그럼 무슨 얘긴데요? 그리고 왜 갑자기 말을 놓으세요?"

세영의 불평에 경호는 굳은 표정으로 벌떡 일어났다. 그리고 점원이 들고 있던 구두를 계산하고 세영의 캔버스화를 쓰레기통에 넣어 버렸다.

"헉! 이봐요!"

"이거 신으세요."

그가 다시 정중한 말투로 돌아온 건 이 시점에서 그리 중요하지 않았다.

"제 신발은 왜 버려요?"

"다시 신을 수 있을 거라 생각합니까?"

"이 발을 하고 구두를 신을 수는 없잖아요."

손수건으로 발등까지 동여맸는데 구두를 어떻게 신으라는 건지 발을 내밀어 보이자 경호는 그런 것쯤 다 계산해 뒀다는 듯 표정 하나 바꾸지 않고 다가왔다.

"생각 같아서는 한쪽 발로 뜀박질하라고 하고 싶지만 참죠."

"네?"

"자기 몸 관리 정도는 해야 할 나이 아닌가?"

"별로 많이 다치지 않았어요. 보기엔 이래도 통증은 별로 없다고요."

"선택해요. 업히겠습니까? 안기겠습니까?"

그런데 이건 또 갑자기 무슨 제안인가.

"둘 다 싫은데요!"

"부끄러우면 교훈이 될 것 같아서 말입니다."

"허……!"

생각 같아서는 그쪽이 무슨 상관이냐고 화를 내고 싶었지만, 세영은 이 남자가 자신의 고객임을 다시 한 번 되뇌며 참았다.

"아니요. 그냥 맨발로 걸을게요. 둘 다 부끄러워질 필요는 없잖아요. 먼저 가세요."

"몰랐으면 모를까, 상태를 알면서 그냥 외면하는 건 내 자존심이 용서 못 하죠. 다른 사람도 아닌 와이프인데."

아니, 그게 무슨 자존심씩이나 상할 일인가!

"진짜 와이프도 아닌데요?"

"진짜 맞습니다."

"!"

그의 진지한 얼굴과 단호한 말투에 세영의 가슴이 쿵 하고 떨어졌다. 하지만 그는 곧 말을 덧붙였다.

"3년간은."

경호는 3년이라는 시간을 힘주어 강조했다.

새삼스러울 게 없는데 세영은 마치 다른 무언가를 기대했던 것처럼 가슴이 싸늘하게 식어 가는 것을 느꼈다.

"네. 제가 잊고 있었네요. 3년간은 진짜 부부 행세를 해야하는 건데."

"그럼 어느 쪽?"

경호가 팔을 벌리며 안길 테냐고 묻는 것 같았다.

세영은 고개를 저었다.

"진짜 부부들은 그런 짓 안 해요."

잠시 후, 세영은 한쪽 발에만 구두를 신고 절뚝거리며 경호의 어깨에 기대 걸어 나갔다.

"어차피 사람들 시선이 집중되는 건 똑같은데 업히는 게 편하지 않았을까?"

경호의 웃음 섞인 물음에 세영은 정색하며 대답했다.

"절대 그건 아니라고 봅니다. 그리고 도대체 왜 자꾸 반말, 존댓말 섞어서 하세요? 차라리 반말만 하든가요."

"좋아요. 반말만 하죠."

"그건 존댓말 아니고요?"

경호는 세영의 물음을 싹 무시하고 갑자기 정색하며 질문을 해 댔다.

"대체 어디서 뭘 하다 이 지경이 된 거지? 작두 위에서 칼

춤이라도 춘 건 아닐 테고. 내가 몰라야 하는 일이 있나? 가
령……."

"……."

"이렇게 붓도록 **뺨**을 맞을 일이라든가."

자연스럽게 본격적인 반말이 시작됐지만 원래 나이 차가
있어서인지 기분은 나쁘지 않았다. 기어이 이렇게 된 이유를
알아내고 말겠다는 의지가 느껴져 부담스럽기는 했지만.

"……말할 테니까 화내지 마세요."

"원래 화 같은 거 내는 성격이 아닌데."

"아까부터 계속 내셨으면서……."

"그건 화낸 게 아니라 야단친 거지."

"같은 겁니다."

"달라. 내가 기분 나빠서가 아니라 당신을 위해서 한 말이
니까."

세영은 순간 깨달았다. 자신이 오늘 하루 종일 그의 말과
행동에 가슴이 뛰었던 그 묘한 기분의 근원이 무엇인지.

누군가 자신을 걱정해 주고 돌봐 주고 있다는 기분. 의지
할 수 있는 누군가가 있다는 것. 그것 때문이었다.

삼촌이 있긴 하지만 부모님이 돌아가신 후로 세영은 자신
의 삶이 위태롭게만 느껴졌다. 어디론가 떠내려가지 않도록
저를 붙들어 매 줄 끈이 떨어진 느낌이었다.

그런데 그의 목소리가 끈을 잡아당겨 주는 것 같았다. 딱 잘라 거부할 수 없게 저를 끌어당기는 힘이 느껴졌다.

"말해."

"사실…… 오늘 마지막으로 일을 좀 했어요."

"우세영 씨."

착 가라앉은 목소리. 동시에 두 사람은 자리에 우뚝 멈춰 섰다.

세영은 허둥지둥 말을 이었다.

"원래는 일을 하려고 나온 게 아니고 이번태, 음, 그러니까, 전 사장님을 잠깐 만나서 이야기를 했어요. 그런데 제가 갑자기 일을 그만두는 바람에 인원이 펑크가 났대서……."

"그만둔 직원을 불러내야 할 정도면 문을 닫아야 하지 않나?"

"다른 직원이 없지는 않지만 좀 큰 고객이다 보니……."

"우세영 씨는 해야 될 일, 안 해야 될 일도 구별 못 합니까?"

정중하게 높임말로 바꿔 말하는데, 그게 더 듣기 불편했다. 세영은 찔끔하며 입을 다물었다.

놀란 그녀의 얼굴을 본 건지 낮게 한숨을 쉰 그가 한결 누그러진 목소리로 말했다.

"아무리 급하고 중요해도 남에게 맞아 가면서까지 해야

하는 일은 없다고 보는데. 앞으로 또 이런 일을 할 생각은 아니겠지만, 만약 아주 사소한 일이라도, 되도록 내 허락을 받고 했으면 좋겠어."

"그렇게까지 해야 해요?"

"나는 이미 당신이 나가서 무슨 일을 하고 다니는지 본 적이 있어. 오늘을 포함해 벌써 두 번이나 누군가가 맞아야 할 매와 독설을 대신 맞았지. 당신이 어떻게 또 그러지 않을 거라고 믿을 수 있지?"

세영은 가만히 숨을 멈췄다. 그의 충고에서 걱정이 확연히 느껴졌다. 그 사실을 깨닫자 낯선 감정이 가슴 한켠에서 일렁이기 시작했다.

누군가를 걱정시켰다는 게, 부모님도 삼촌도 아닌, 전혀 다른 타인이 저를 걱정해 주었다는 게 괜히 미안해지고 부끄럽기까지 했다.

"죄송해요. 그럴 생각은 아니었는데 어쩌다 보니⋯⋯."

"알았으면 됐어. 앞으로는 좀 더 신중하게 행동해 줘. 지금 당신은 내 아내고 당신 행동이 내 이미지에도 영향을 줄 수 있으니까. 그리고 그건⋯⋯ 우세영 씨의 위자료에도 당연히 영향을 미치겠지."

아니, 다 착각이었던 걸까.

남자의 목소리가 어느새 싸늘해지자 이상하게 심장이 죄

어들었다. 그럼 그렇지. 문득 떠오른 자조를 숨긴 세영이 짧게 대꾸했다.

"앞으로는 그럴 일 없을 겁니다, 고객님."

자신에게 가장 큰 모멸감을 느끼게 해 준 일이, 모멸감을 느끼게 해 준 사람이 한경호 당신이라는 걸, 세영은 간신히 입 밖으로 뱉지 않고 꿀꺽 삼켰다.

두 사람이 도착한 곳은 지난번 그녀가 쓰러졌을 때 실려왔던 병원이었다. CL그룹 의료원 소속의 병원이자, 시아버지인 한도재가 병원장으로 주재하는 병원.

후에 병원이 어떤 곳인지 설명을 들었을 때도 세영은 별로 놀라지 않았다. 아무렴 어마어마한 재벌가인데 병원 한둘쯤이야, 그런 생각이 들었다.

"업혀."

조수석의 문이 벌컥 열리더니 들려온 말이었다.

"네?"

"아니면 안기든가."

"네? 헉!"

안전벨트를 풀어낸 경호가 순식간에 그녀의 몸을 들쳐 안았다. 갑작스러운 행동에 당황한 세영은 떨어지지 않으려 그의 목에 팔을 두를 수밖에 없었다.

"갑자기 왜 이러는 건데요?"

"여긴 보여 줘야 하는 곳이거든."

"네? 그보다 할아버지 뵈러 가기로 한 건 저녁때잖아요!"

"일단 발부터 치료해야지."

"자, 잠깐만요!"

거부해 보려 했지만 세영은 꼼짝 없이 얌전히 그에게 안겨 있어야만 했다. 경호가 그녀를 안은 채 응급실로 들어서자, 사람들의 시선이 집중됐기 때문이다.

"원장님 아드님 맞지?"

"소문이 맞나 봐. 병원에 데리고 온 여자가 와이프라던 소문 말이야. 그때 그 여자 맞잖아."

병원이야 원래 아픈 사람들이 오는 곳이라 안거나 업는 것이 그리 이상해 보이진 않았다. 그런데 사람들의 놀란 표정과 수군대는 모습을 보니 눈에 띄어 좋을 게 없을 듯했다.

"어머, 여긴 또 어떻게 오셨어요?"

간호사 한 명이 달려와 경호에게 말을 걸자, 경호가 간결하게 대답했다.

"드레싱 준비 좀 해 줘요."

세영을 침대에 앉히자 그녀의 발을 본 간호사가 후다닥 어디론가 갔다.

"뭘 이렇게까지…… 이제 피 멎어서 신발 신어도 돼요. 그냥 집에서 연고 바르면 되는데."

"바보 같은 소리 하지 말고 잠자코 있어."

오늘은 종일 혼나는 날인가 보다. 뿌루퉁하게 입술을 내밀고 침묵하는 사이 간호사가 이것저것 도구를 챙겨 왔다.

"드레싱 할게요. 근데 어쩌다 다쳤어요?"

"바쁜 것 같은데 가 보세요."

"아니에요. 괜찮아요."

"제가 할 수 있습니다. 다른 환자들 봐 주세요."

간호사가 뭔가 아쉬운 듯 자리를 떠나자 경호는 침대에 걸터앉으며 세영의 발을 제 허벅지 위에 올렸다.

간호사들이 '어머' 하는 소리를 뱉으며 두 사람을 쳐다보자 세영은 민망해서 제 발만 바라보았다.

경호는 익숙한 손놀림으로 상처를 소독하고 약을 발라 주었다. 그의 손길이 닿을 때마다 약 때문에 따가워서인지, 어색해서인지, 발가락이 꼼지락거렸다. 그 모습에 오해를 했는지 경호가 물었다.

"아파?"

"아니. 간지러워서요."

문득 제 발을 쥐고 있는 커다란 손에 시선이 갔다. 크지도 작지도 않은 발이 한 손에 다 들어가자 가슴 한켠이 간지러운 느낌이었다.

'이런 게…… 남자구나.'

지금껏 알고 있었으면서, 새삼스럽게 닥쳐오는 깨달음.

절로 몸이 움츠러들었다. 의식하지 말아야지, 생각하면서도 이상하게 자꾸 눈에 밟히는 그의 모습이 조금씩 위험 수위에 다다른 기분이었다.

"아버님, 애들 왔어요."

새어머니가 병실 문을 열어 주자 세영은 환한 얼굴로 들어서며 싹싹하게 인사했다.

"저희 왔어요, 할아버님. 몸은 좀 어떠세요?"

할아버지는 중기의 위암이었다.

노인이라 진행이 느린 걸 감안하더라도 수술 여부를 가지고 협박을 한 건 정말이지 위험천만한 짓이었다.

"아주 멀쩡하다. 멀쩡하다 못해 심심해 죽겠는데 왜 퇴원을 안 시켜 주는지 모르겠단 말이지."

저 특유의 고집 부리기는 아마 이 집안의 내력일지도 모른다.

할아버님의 반대를 무릅쓰고 기어이 의사가 되었다는 시아버님도, 결혼이 싫어 10억이란 돈을 들여 이혼할 여자를 찾은 한경호 씨도. 어쩜 이리 똑같은지.

"에이, 큰 수술을 하셨잖아요. 괜찮은 것 같아도 몸은 안 그럴 수 있어요. 최대한 조심해서 오래오래 사셔야죠."

가까이 다가간 세영이 나긋한 목소리로 달래자 할아버지의 표정에도 설핏 미소가 떠올랐다. 그러나 그것도 잠시뿐. 금세 헛기침을 하던 할아버지는 짐짓 근엄한 표정으로 경호를 바라봤다.

"매번 바쁘다고 엄살이더니, 일찍 왔구나."

"그렇게 됐습니다."

"쯧쯧. 말하는 거 하고는. 새아기한테도 그따위로 말하는 건 아니겠지?"

"그냥 평소대로 말하고 있습니다."

"그게 그따위란 게다! 새아가, 너는 이런 놈이 뭐가 좋다고 덥석 결혼한 거냐?"

진심으로 궁금하다는 투였다.

'그러게요. 아무 사이도 아닌데 왜 이 사람 한마디, 한마디에 휘둘리는 기분이 드는 건지 모르겠네요.'

괜히 뾰족해진 심정으로 몰래 입술을 비틀던 세영이 이내 쓸쓸한 미소로 대답했다.

"아니에요. 살갑고 다정하게 대해 주진 않지만, 그게 경호 씨 매력인데요, 뭐."

"뭐? 저런 고얀 것이 있나. 네가 결혼 안 해 줬으면 나는 죽은 목숨이고 저놈도 빈털터리 됐을 건데 업고 다니진 못할망정 너한테도 그런단 말이지?"

은근히 비꼰 말을 찰떡같이 알아들으시는 할아버지의 연륜에 감탄하는 순간이었다. 그러나 맞장구를 칠 수는 없었기에 얼른 고개를 저은 세영이 천천히 말을 이었다.

"정말 괜찮아요. 원래 다정다감한 사람이 아니라서 크게 서운하지도 않고요. 그리고 챙겨 줄 땐 또 얼마나 잘 챙겨 주는데요. 알게 모르게 신경 써 주는 것도……."

그 순간 경호가 그녀의 발을 툭 건드렸다.

세영은 제가 이상하게 말이 많았음을 깨달으며 입을 다물었다. 빤히 저를 바라보는 할아버지와 시어머니의 눈빛이 묘하게 들떠 있는 것처럼 느껴지는 건 착각이겠지?

어쩐지 불길한 느낌이 드는 와중에 할아버지의 질문이 이어졌다.

"우리 경호가 그렇다고?"

"네? 아, 네……."

"호오, 이놈이 진짜 연애를 하긴 했나 보구나."

"네?"

"하도 정 없고 일밖에 모르는 놈이라 솔직히 갑자기 여자를 데려와서 결혼한다기에 별생각을 다 했지 뭐냐. 혹시 이

놈이 어디서 짜고 사람을 사 가지고 와서 속이는 건지……."

세영은 그의 말에 어찌나 놀랐는지 그 뒤엔 무슨 말을 하는지조차 들리지 않았다. 빗맞아도 홈런이라는 게 이런 거구나.

굳어 버린 세영 대신 경호가 끼어들었다.

"무슨 말도 안 되는 상상이십니까? 그렇게 저를 못 믿으십니까?"

"네놈이라면 충분히 그럴 만하지."

"아무리 그래도 인륜지대사를 가지고 그런 짓은 안 합니다."

표정 하나 바뀌지 않고 하는 거짓말에 세영은 새삼 놀란 눈으로 경호를 바라봤다.

물론, 이때까지만 해도 두 사람은 할아버지가 진짜로 몰아가려는 대사가 무엇인지 전혀 깨닫지 못했다.

"그렇구나. 너희 마음이 그리 확고하다면 나야 더 바랄 게 없지."

순순히 물러난 할아버지의 입가에 흡족한 미소가 떠올랐다.

"올해 안으로 기대해도 되겠구나."

"네? 무슨……?"

"증손자 말이다."

그리고 날벼락이 떨어졌다.

병원을 나서기 직전, 세영은 경호에게 양해를 구하고 화장실에 다녀오겠다고 했다.

먼저 나가 있겠다던 경호는 병원 정문 앞에서 저를 쫓아온 새어머니에게 붙잡혔다.

"뭐 하실 말씀이라도 있으십니까?"

"저기…… 아까 아버님 말씀 말인데……."

"예. 뭐가 잘못됐습니까?"

"아니. 증손자를 많이 기다리시는 눈치라……. 내가 저기, 세영 씨 보약이라도 좀 지어 줄 겸 오늘 집에 초대를 하고 싶은데……."

"번거롭게 그러실 거 없습니다. 저 사람 아주 건강합니다."

"그래도 내가 시어머……니고. 할 도리는 해야 되지 않을까?"

"어머니."

"말해요."

"아이를 갖고 싶은 생각은 없습니다."

"사랑하는 사람의 아이를 가지는 게 여자한테 얼마나 소중한 일인데. 그리고 자식이 있어야 부부 사이도 더 돈독해지는 거지."

"글쎄요. 어머니가 하실 얘기는 아닌 것 같은데요."

"······."

"아이 대신 CL그룹의 며느리, 병원장 사모님 자리를 선택하신 분이니 말입니다."

그 순간 입을 다물어 버린 새어머니의 얼굴에서 핏기가 천천히 사라져 갔다.

새어머니는 간호사 출신으로 아버지의 곁을 맴돌던 여자 중 한 명이었다. 어머니가 돌아가시고 얼마 되지 않아 사귄 여자. 그리고 아버지와 결혼 이야기가 나왔을 무렵엔 이미 임신을 한 상태였다.

하지만 어찌 된 일인지 그녀는 아이를 낳지 않았다. 본처 자식과 후처 자식 간의 재산 다툼을 걱정하신 할아버지의 눈에 들고자 아이를 지웠단 소문이 파다했었다.

그런 험한 소문의 주인공답게 그녀는 심지도 단단했다. 금세 얼굴을 추스른 새어머니가 입을 열었다.

"그래도 기왕 여기까지 왔으니 집에 잠깐이라도 들렀다 가요. 아버지도 오늘은 일찍 오실 거고 모처럼이니 함께 저녁이라도······."

"별로 생각 없습니다. 당장 내일도 출근해야 하니 집으로 가겠습니다."

"자고 가라곤 하지 않을게요. 저녁만 먹고 가요."

"회사로 들어가야 합니다."

"어쩜 오늘 같은 날, 회사 갈 생각을……!"

"예? 오늘 같은 날이 어떤 날입니까?"

"설마 부인 생일도 몰라요?"

새어머니의 물음과 동시에 화장실에서 세영이 걸어 나왔다. 저를 뚫어지게 바라보는 경호와 눈이 마주친 그녀는 어색하게 미소를 지었다.

경호는 머릿속에 입력해 두었던 그녀의 인적 사항을 끄집어내 주민등록번호의 앞자리를 떠올렸다. '아차' 하는 표정이 지나가고 그는 급히 말을 이어 갔다.

"생일……이라서 제가 이미 선물도 했습니다. 회사 일이 끝나면 밤에 따로 자리를 만들려고 했고요."

경호의 말에 새어머니가 놀란 표정을 지었다. 그것은 세영도 마찬가지였다. 하도 주변 상황이 정신없이 돌아가는 바람에 제 생일이 온 줄도 모르고 있었다.

하지만 그녀가 누군가. 재빨리 상황을 파악한 세영이 생글생글 웃으며 말했다.

"맞아요, 어머니. 그래서 오늘 이이가 일찍 와서 이 옷까지 직접 골라 준 걸요."

"아……. 그랬군요."

"어머니, 말씀 낮추세요."

"아. 그, 그럴까?"

"네, 어머니. 당연히 낮추셔야죠."

"저기, 그래도 결혼하고 처음 맞는 생일인데, 시어머니가 돼서 생일상도 못 차려 주는 게 너무 마음에 걸려서. 어떻게 저녁이라도 같이 먹고 갈 수 없을까?"

"당연히 가야죠. 가실 거죠?"

앞의 대화는 듣지 못한 세영이 해맑은 표정으로 경호를 졸랐다.

"아니, 난…… 정말로 일이…….""

"그럼 저 혼자 가라고요?"

"그게……."

"급한 일 아니면 나중에 해요. 내 생일이잖아요."

세영과 경호의 실랑이가 이어지는 동안 새어머니 양정희 여사는 미묘한 눈으로 두 사람을 관찰했다.

평소 같으면 대번에 끊어 버리고 이미 돌아서고도 남았을 경호가 이상하게 망설이고 있지 않은가.

'이 도련님이 진짜 연애를 하긴 했나 보네.'

지금껏 단 한 번도 이런 모습을 본 적이 없었기에 더 확신을 가지는 양 여사였다.

"일단 소파에 앉아 있어요. 아버지 언제쯤 들어오시는지 연락해 보고 너무 늦으면 우리끼리라도 먹게요."

오랜만에 화색이 도는 양 여사가 광주댁과 함께 주방으로 들어갔다.

세영은 고분고분하게 소파에 앉다가 저를 빤히 바라보는 경호와 눈이 마주쳤다.

"왜 그렇게 보세요?"

"생일인 거 왜 말 안 했어?"

"아, 저 오늘 생일 아니에요."

"뭐?"

"저 음력으로 생일 챙기거든요."

"……."

"아니라고 말할 분위기가 아닌 것 같아서. 그냥 양력 생일 하죠, 뭐. 3년간. 선물도…… 받았고."

"생일이 아니면 아니라고 말했어야지."

"이미 그럴 타이밍이 아니었잖아요."

"후. 내가 이 집에 오는 걸 안 좋아한다는 거 잘 알 텐데."

그와 가족의 관계가 좋지 않다는 것은 세영도 잘 알고 있었다.

"저녁만 먹고 가는 거잖아요. 결혼하고 나서 본가에도 안

온다는 소문은 그렇게 치명적이지 않은가 보죠?"

"원래도 잘 안 왔어."

"그건 결혼 전이고요. 어머님이 며느리 생일상 봐 주고 싶다는데 어떻게 거절해요."

그러는 사이 새어머니가 거실로 나왔다.

"아버지는 급한 수술이 잡혀서 늦으신대. 우리 먼저 시작해야 할 것 같아."

본가의 식탁은 신혼집과는 비교가 되지 않을 만큼 컸다. 집에 있는 식탁도 두 사람이 쓰기에 크다고 생각했던 세영은 세 사람이 한 면씩 차지한 너른 식탁에 숨이 막힐 지경이었다.

저를 주인공이라고 앉혀 두고는 어색한 침묵만 오고 가니, 음식 맛이 느껴지지도 않았다. 그래서 애꿎은 와인 잔만 자꾸 입으로 가져갔다.

"술을 잘하나 봐."

세영이 막 다섯 번째 잔을 비운 후에 시어머니가 건넨 말이었다.

"아니에요. 잘 못하는데, 이 와인은 순해서 괜찮은 것 같아요."

"어머, 순한 거 아닌데? 독한 거야."

"네? 이렇게 달달한데요?"

"맛만 그렇지. 어휴, 뭐했어요. 술 잘 못하는 줄 알면 말렸어야죠."

경호는 새어머니의 타박을 듣기 전부터 이미 인상을 쓰고 세영을 보고 있던 터였다. 원래 술을 잘하는 줄 알고 내버려 두었는데, 그게 아니라는 걸 알자 불길해졌다. 그리고 그 불길함은 기가 막힌 타이밍에 발현되었다.

"그러고 보니까아, 음. 이거 그런데요오……."

살짝 혀가 꼬인 목소리가 새어 나온 것도 그 무렵부터였다.

"왜 어머님은 자꾸…… 이 사람한테 높임말을 쓰세요?"

난데없이 세영이 두 사람의 예민한 관계를 파고들어 왔다.

"이, 이를……. 어째. 취했나 봐요. 어서 데리고 가요."

당황한 새어머니가 경호를 재촉했다. 그러자 그녀는 한층 목소리를 높여 따지기 시작했다.

"아뇨. 저 안 취했어요. 제가 지금 이상한 소리 하는 건 아니잖아요. 새어머니도 엄마예요. 왜 함부로 하냐고요오."

"일어나. 취했어."

결국 경호에게 팔이 붙잡혀 강제로 의자에서 일으켜지자, 세영은 그의 손을 세차게 뿌리치며 단호하게 말했다.

"안 취했어요! 정신 멀쩡하다고요! 적어도 어떻게 행동하는 게 옳은지는 안다고요! 어머님, 저 오늘 여기서 자고 가겠습니다. 결혼하고 나서 한 번도 시댁에서 잔 적 없잖아요. 이거 잘못한 거죠?"

"미치겠네……."

"지금…… 욕했어요?"

"욕 안 했어. 하고 싶지만 참고 있어."

"나 피곤해요. 여기서 자고 갈래요. 어머님, 저 어디서 자면 돼요?"

"겨, 경호가 쓰던 방이 있어."

"이 사람 재워 주세요. 전 먼저 가 볼게요."

양 여사의 말이 끝나기가 무섭게 경호가 식탁 앞을 벗어났다.

어디서 그런 힘이 난 걸까.

"어딜 가요!"

비틀거리면서도 재빨리 뒤를 따라나선 세영은 가려는 그의 팔을 붙잡으며 소리쳤다.

그러자 경호가 돌아보며 나직이 물었다.

"안 가면?"

"네?"

달라진 경호의 분위기에 세영은 저도 모르게 주춤 뒤로 물러났다. 그러자 그는 자신의 가슴이 얼굴에 닿을 정도로 그녀를 몰아붙였다.

"그건 유혹하는 건가?"

은근하게 내려앉은 목소리가 그녀의 귓가를 간질였다. 오소소 소름이 돋아나는 기분에 흠칫한 순간, 피식 하고 짧은 웃음이 들렸다.

"설마 각방을 쓸 생각은 아닐 테고."

그리고 술기운이 번쩍 달아나는 말이 이어졌다.

"원한다면 같이 자 줄 순 있어."

#3
불의의 참사

높고 새하얀 천장. 벽을 메운 책장과 한쪽 구석에 자리한 책상, 그리고 푹신한 소파 하나와 침대. 원래 경호가 지내던 방이었다.

자신이 살고 있을 때와 크게 다르지 않은 풍경. 원래부터 침실이라기보다는 서재와 비슷한 분위기의 공간이었다.

바뀐 거라곤 유별나게 눈에 띄는 미색의 침구류. 분위기를 누그러뜨릴 요량으로 달아 놓은 리스와 화사한 스탠드 정도였다. 아무도 들인 적이 없던 이곳에 그녀가 함께 있었다.

별다른 애정이 없었던 곳임에도 세영이 들어와 있으니 왠지 묘한 기분이 들었다.

벌컥벌컥 찬물 한 잔을 마시고 손등으로 입술을 훔치던 세영의 시선이 흠칫 흔들렸다. 팔짱을 낀 경호와 눈이 마주치자 눈동자를 어디다 둬야 할지 모르겠다는 듯 어지럽게 굴리고 있었다.

쭈뼛거리며 일어난 세영은 딴청 부리듯 방 안을 두리번거리다 어딘가로 걸음을 옮겼다.

책장으로 다가가 키보다 높이 쌓인 책을 건성으로 훑어봤다. 어디선가 들어 본 적 있는 철학적인 외국 소설들과 경제 관련 책이 대부분을 차지했다.

"책이 엄청 많네요. 이거 다 읽으신 거예요?"

간혹 의학 서적이 섞여 있기도 했다. 세영은 모서리가 해진 책 한 권을 뽑아서 후루룩 넘겨 보았다. 장식용은 아닌지 낡은 책은 여러 번 읽은 흔적이 보였다.

"그냥 읽기도 하고 여기다 집어넣기도 했지."

제 머리를 톡톡 두드리며 이야기하자 세영이 그를 흘깃 바라보곤 도로 제자리에 꽂아 넣었다.

"모범생이셨나 봐요."

"보기보다 경쟁심이 강하거든. 지는 걸 싫어하다 보니 누가 앞에 있는 꼴을 못 봤지."

"뭐, 보기에도 그러신 분 같아요."

"그래?"

괜스레 다른 것들에 관심을 돌리며 가까이 오지 않으려 하는 세영의 속셈이 눈에 빤했다.

몸을 돌린 경호는 웃음을 머금은 채 손목의 시계를 풀어 책상 위에 올렸다. 그리고 아무 일도 없었다는 듯 무심하게 입을 열었다.

"이제 술이 좀 깬 모양인데, 잘 준비 해야지. 먼저 샤워할래?"

"네? 아, 아니요! 그냥 세수만 하면 될 거 같아요."

"그래, 그럼. 갈아입을 옷은 저쪽."

침대 위에 나란히 놓인 잠옷을 가리키자 세영은 쉽사리 움직이지 못하고 머뭇거렸다.

"왜? 내 옷이라 꺼림칙해? 어쩔 수 없잖아. 내 옷밖에 없는데."

"아니, 그게……."

"정 불편하면 그냥 벗고 자든가."

제가 생각해도 놀리는 기색이 역력한 말투였다. 장난기를 눈치챈 세영의 표정이 싸늘하게 굳었다.

"그만하시죠. 아무리 피고용자의 입장이지만, 그런 장난까지 다 받아 드릴 생각은 없거든요."

"장난? 같이 자자고 유혹한 사람이 누구더라?"

"같은 방에서 자자고 한 적 없습니다. 저 혼자 낯선 곳에 두고 가려고 하니까 술김에 튀어나온 말이죠."

아직 다 가시지 않은 술기운에 세영이 발그레한 얼굴로 정색했다. 자기 딴엔 단호하게 말하고 있다고 생각하겠지만 눈가가 풀려 전혀 심각해 보이지 않았다.

화가 났다는 걸 보여 주기라도 하듯 성큼성큼 걷다 비틀거렸을 땐 정말로 웃을 뻔했다. 슬쩍 주먹으로 입술을 가리자 잠옷을 집어 들던 그녀가 힐끗 노려봤다.

"먼저 씻고 오겠습니다."

한참 만에야 욕실에서 나온 그녀는 '다 했어요'라고 중얼거리더니 얼굴을 쳐다보지도 않고 책장 앞에 놓인 소파로 걸음을 옮겼다.

소매와 기장을 접었음에도 여전히 헐렁한 잠옷에, 화장기가 말끔히 씻긴 말간 얼굴이 아이처럼 귀여웠다.

그가 샤워를 마치고 나왔을 때 그녀는 소파에 앉아 꾸벅꾸벅 졸고 있었다.

"우세영 씨."

"네!"

잠귀는 밝은지 화들짝 놀란 그녀가 몸을 추켜세워 앉았다.

"거기서 그러고 있지 말고 침대로 가."

"네? 아, 아니에요. 괜찮습니다. 경호 씨가 침대 쓰세요.

전 밑에서 잘게요."

"남자인 내가 밑에서 자는 게 맞아."

"그럴 순 없습니다. 피고용인이 고용인보다 편한 곳에서 잘 수는 없죠."

"지금 우세영 씨는 한경호라는 멀쩡한 남자에게 여자를 내팽개치는 몰상식한 놈이 되라는 건가?"

"남자 여자 그런 게 어디 있어요! 전 몸이 작으니까 여기서 자도 돼요."

"그럼 그 작은 몸으로 그냥 내 옆에 누워."

"예, 예?"

"침대는 넓고 난 잠버릇이 나쁘지 않아. 누가 내 발밑에 웅크리고 있는 것보다는 편할 것 같으니까 그냥 옆에서 자."

"발밑은 무슨……! 여기가 편해요."

"침대는 더 편해. 소파가 침대보다 편하면 누가 소파를 두고 침대에서 자겠어?"

"……!"

그녀의 입이 벌어졌다. 할 말이 없게 만드는 논리였다.

"그렇게 경계할 만큼 나쁜 놈은 아니야. 부모님이 살고 계신 집에서 하고 싶은 마음도 없고."

경호는 보란 듯이 먼저 침대로 올라가 옆자리를 툭툭 두드렸다. 자기 딴엔 배려하는 것인지 최대한 끄트머리에 자리를 잡은 상태였다.

한숨을 내쉰 세영이 침대로 다가왔다. 간신히 끄트머리에 자리 잡은 그녀가 슬쩍 이불을 끌어당겼다. 이불은 덮고 싶은데, 마음껏 한 이불을 덮기는 뻔뻔스러울 듯하고.

그 속내를 들여다본 경호가 웃음을 꾹 참고 말을 건넸다.

"긴장할 것 없어."

"안 하게 생겼나요. 외간 남자랑 한 침대에 눕는 건데."

"외간 남자가 아니고 남편이지."

"……그냥 남의 편인 남편이죠."

경호는 퉁명스럽게 쏘아붙이는 세영의 말이 거슬려 그녀를 향해 돌아누우며 말했다.

"기왕 결혼하고 한집에서 살게 된 거 친구처럼 지낼 수 있지 않을까? 좀 편하게 대해 줬으면 좋겠는데."

"친하게 지낼 수야 있지만, 편하게 대하진 못하겠어요."

"세영 씨가 날 남자라고 생각해서 그런 게 아닐까?"

당황하면서도 뾰족뾰족 가시를 세우며 뻗대는 게 귀여워 일부러 짓궂은 소릴 하자 세영이 홱 몸을 돌려 그를 마주 보았다.

한껏 가늘어진 눈이 자신을 향하자 여유로웠던 경호의 눈빛이 조금씩 흔들렸다.

그녀의 오똑한 콧날과 아직 알코올 향이 느껴지는 청량한

숨결, 그리고 붉은 스탠드 불빛에 물든 긴 목이 헐렁한 옷 때문에 그대로 드러났다.

새까만 머리카락이 뺨 위로 흐트러졌다. 촉촉하게 번들거리는 입술을 살짝 깨무는 그 모습이 경호에게는 슬로모션처럼 느리게 보였다.

그런 그녀의 입술이 열리고 발칙할 정도로 솔직한 말이 쏟아져 나왔다.

"맞아요. 남자라고 생각하고 있어요. 그게 왜요? 그러는 경호 씨는 제가 여자로 안 느껴지나요?"

"느껴져."

"여자로 느껴진다고요?"

"가슴이 그렇게 잘 보이는데 여자로 느껴질 수밖에."

"헉!"

세영은 그의 무심한 시선이 자신의 가슴 쪽으로 향한 것을 알고 황급히 옷을 추슬렀다. 경호의 옷이 너무 컸던 탓에 침대에 누우니 단추를 전부 채워도 가슴골이 훤히 드러났던 것이다.

"왜 이제야 말해 줘요!"

"이제 봤으니까."

"하! 지금 저 놀리는 거죠?"

"놀린다기보다 날 붙잡은 결과가 어떤지 느끼게 해 주고

133

싶을 뿐이야."

"후회하고 있어요. 됐죠? 원하는 대로 됐으니까 이제 그만 놀리세요."

세영은 다시 입술을 깨물며 등을 돌리고 누워 버렸다.

경호는 분이 풀리지 않아 씩씩거리는 그녀의 어깨를 보며 나직이 물었다.

"후회하는 게 그거밖에 없을까? 이 결혼은 어때? 후회 안 해?"

"후회하기는 늦었죠."

싸늘하게 돌아온 대답에 경호는 팔베개를 하며 천장을 보고 누웠다.

"질문을 제대로 파악 못 한 것 같은데, 후회하는지를 묻는 거야."

잠깐 정적이 흐르더니 차분해진 그녀의 목소리가 들렸다.

"한 가지 후회하는 게 있어요."

"뭘?"

"역시 계약서에 하나 더 추가할 걸 그랬나 봐요. 집 안에서 서로 최소 3미터 이상의 거리를 유지한다는 조항."

경호는 코웃음을 치며 중얼거렸다.

"뭐, 남자 구실 못 한다는 의심보다는 낫군."

"오해 마세요. 저 때문에 하는 말이니까."

"?"

영문 모를 소리에 그가 의아한 눈으로 그녀의 등을 바라보았다.

세영은 긴장했는지, 경직된 어깨가 크게 오르락거리고 있었다. 그러더니 머뭇거리면서 작은 소리로 중얼거렸다.

"그쪽이 유혹하면 못 견딜 것 같거든요."

"……."

경호의 침묵에 분위기가 급속도로 어색해졌다.

세영은 그를 만나고 처음으로 말을 더듬으며 변명을 했다.

"다, 다른 뜻이 있어서 하는 말은 아니에요. 나도 신체 건강하고 즐길 줄 아는 여자예요. 당신이 섹시하다는 것도 충분히 느낄 수 있고, 인정해요. 그렇지만…… 유혹당하고 싶지 않아요. 나는 적어도 한순간이라도 나를…… 좋아하는 사람과 하고 싶으니까요."

"……."

변명이라기엔 솔직한 고백이었다. 가까이 지내려고 하지 마라. 그렇게 정을 주면 당신이 갖고 싶을 것 같다. 그러니까 지금처럼 고객님으로 남아 달라. 그녀의 마음이 잘 와 닿았다. 경호는 뭐라고 대답을 해 줘야 할지 혼란스럽기만 했다.

"먼저 잘게요. 술 때문인지 피곤하네요."

그렇게 세영이 먼저 자겠다 말하고 이불을 뒤집어썼다. 에

어컨 바람이 서늘하긴 했지만 이불을 머리까지 뒤집어쓸 정
도는 아닌데.

"잘 자."

기껏 인사를 건넸지만 돌아오는 답은 없었다.

시계 소리가 이렇게 거슬렸던 적이 있을까. 공기 흐름 하
나하나가 경호의 신경을 자극하고 있었다.

언제부턴가 세영의 쌔근거리는 숨소리가 규칙적으로 들려
왔지만 경호는 도무지 그 숨소리에 동화되지 못하고 불안정
하게 숨을 몰아쉬고 있었다.

에어컨이 돌아가고 있는데도 이렇게 몸이 뜨거운 건 무슨
이유일까.

그때 세영이 돌돌 말린 이불을 팍 걷어 내고 바로 돌아누
웠다. 태평하게 무방비한 모습으로 잠들어 버린 그녀를 보자
니 허탈한 웃음만 나왔다.

"그딴 소리를 해 놓고 잠이 와?"

이불을 뒤집어쓰고 있던 탓에 발갛게 상기된 뺨에 머리카
락이 붙어 있었다. 동그란 이마에서부터 매끈한 굴곡을 그리
는 콧날, 그리고 그 아래 자리 잡은 살짝 벌어진 입술. 아직
조금 부어 보이는 뺨까지도 쓰다듬어 주고 싶었다.

밝게 웃으며 달려오는 그녀의 모습에 이상하게 반가웠던

것도 잠시, 붉게 부푼 뺨을 발견한 순간 모든 생각이 아득히 사라지는 기분이었다. 그녀의 피 맺힌 발을 보고서도 어째서 인지 화가 났었다.

그 알 수 없이 격렬한 감정의 움직임들이 너무나 낯설었다.

지금까지의 저와는 전혀 관계없었던 감정들인데…….

"……이상하지."

저도 모르게 세영의 뺨으로 손을 뻗은 경호가 드리운 머리카락을 슬쩍 건드렸다. 그러다 손끝이 그녀의 입술에 닿자 멈칫 그 자리에 굳었다.

결혼식 날, 처음으로 느껴 본 입술의 감촉이 새삼 떠올랐다. 아쉬울 만큼 짧게 끝나 버린, 금방 달아나 버린 보드라운 감촉.

잠이 깰까 조마조마하면서도 이상하게 치미는 충동을 참을 수가 없었다.

두근두근, 가슴 안쪽을 두드리는 심장이 그녀의 입술로 자신을 끌고 가는 것 같았다. 좀 더 가까이, 좀 더 깊게 고개를 숙였다. 마침내 뜨거운 숨결이 새어 나오는 그 도톰한 입술을 머금었다.

천천히 움직여 그녀의 입술 안쪽의 여린 살갗으로 침투하던 그의 눈동자가 흠칫 흔들렸다.

화들짝 입술을 떼어 내고 진정되지 않는 가슴을 움켜쥐며 얼굴을 쓸어내렸다. 옅은 한숨이 손가락 사이로 새어 나왔다.

"한경호, 이게 무슨 한심한 짓이야……."

스스로에게 화가 나 버린 경호는 더 이상 그녀의 곁에 있을 수가 없었다. 침대 아래로 내려간 그는 겉옷을 챙겨 들고 불쑥 방을 나섰다.

그가 나가고 나자, 방 안은 부스럭거리는 소리 하나 없이 고요해졌다.

긴장으로 주먹을 꽉 쥔 세영이 번쩍 눈을 뜨고 일어나 앉았다. 그녀는 덜덜 떨리는 손가락으로 제 입술을 쓰다듬어 봤다.

"……뭐지?"

미친 듯이 뛰는 심장이 좀처럼 가라앉지를 않았다.

"나 어떡하면 좋지……."

그의 입술을 저도 모르게 살짝 머금지 않았던가.

"설마 눈치……챈 거야?"

　　　　❗　　　❗　　　❗

결재 서류를 앞에 놓고 경호는 뭐가 그렇게 마음에 들지 않는지 인상을 쓰고 펜대만 굴리고 있었다. 눈치를 보던 여직원이 더 이상 무거운 분위기를 견디지 못하고 그를 불렀다.

"저…… 팀장님."

그녀의 부름에 정신이 든 경호가 무안했는지 어색하게 미소를 지어 보였다.

"……아! 미안합니다. 잠깐 쉬었다 다시 하죠."

"어디 몸이 안 좋으세요?"

"그런 건 아닙니다. 생각할 게 좀 있어서……."

"많이 피곤해 보이세요. 오늘은 일찍 들어가시는 게 어떨까요?"

"아닙니다. 정말 괜찮습니다."

"근데, 오늘 정말 이상하세요."

"뭐가 그렇게 이상합니까?"

"계속 한숨을 쉬시고 딴생각하실 때도 많고요. 심지어 오늘 월요일에 입은 옷이랑 똑같이 입고 오셨잖아요. 결혼 후 한 주에 같은 옷을 입고 출근하신 적이 한 번도 없는데. 혹시, 사모님이랑 다투신 건 아니시죠?"

웃으면서 건넨 농담이었지만 경호의 표정은 딱딱하게 굳어 버리고 말았다. 눈치 빠른 여직원은 가볍게 고개를 숙이고 그 자리를 물러났다.

'그랬나?'

모르고 있었다. 그녀가 챙겨 준 옷을 아무 생각 없이 입고 나왔을 뿐이었다. 그런데 그렇게까지 세심하게 신경을 써 주고 있었다니. 진짜 아내라 해도, 정말 사랑하는 사이라 해도 이렇게까지 배려해 줄 수 있을까.

어젯밤, 그렇게 방을 나가 서재에서 잠을 잤다. 아침 식탁에서 그녀의 얼굴을 제대로 볼 수가 없었다. 그녀는 자신에게 아무것도 묻지 않았다. 마치 무언가 아는 사람처럼 저와 눈을 마주치려 하지 않았다.

'그냥 같은 방을 쓴 게 부끄러운 거겠지.'

그렇게 생각해 봤지만 괜히 지난밤 자신의 한심한 짓거리가 찔렸다. 그리고 더 큰 문제는 어젯밤부터 지금까지 가슴의 두근거림이 좀처럼 멈추지 않는다는 점이었다.

퇴근 시간이 되자 묘한 두근거림은 더욱 심해졌다. 일을 할 때조차 그녀의 생각이 머릿속을 떠나질 않는데 진짜 그녀를 앞에 두고서도 아무렇지 않게 행동할 수 있을지 걱정스러울 정도였다.

'서른이 훌쩍 넘었는데 이게 말이 돼?'

혼란스러워진 경호는 휴대폰을 꺼내 들었다.

"나야. 시간 괜찮으면 잠깐 얼굴 좀 볼래?"

세영은 평소와 다름없이 신혼집으로 돌아가 구석구석 깨끗하게 청소를 끝냈다. 하루 저녁 안 들어왔을 뿐인데 며칠 만에 온 사람처럼 대청소를 했다.

집 안의 유리라는 유리는 다 닦았고 창틀이며 책장에는 먼지 한 톨 없이 청소했다. 점심도 거른 채 그렇게 닦고 쓸고 정리를 하니 벌써 3시였다. 빨래까지 깨끗이 털어 널고 앞치마를 풀던 그녀는 어깨를 축 늘어트리고 한숨을 쉬었다.

"내가 미쳤지!"

아무리 열심히 닦아 내도 머릿속은 닦아지지 않았다.

아침에 저와 눈조차 마주치지 않으려던 그의 냉랭한 모습이 잊히지 않았다. 간밤의 입맞춤은 또 어떤가. 아무리 술기운이었다지만 입맞춤에 호응해 버리면 어쩌자는 건가.

그와 부부로 지내는 시간은 3년. 길다면 긴 시간 동안 얼마든지 친해질 수도 있고 정이 들 수도 있었다.

하지만 그는 그렇게 되는 걸 원하지 않는 사람이었다. 헤어져야 하니까. 헤어짐이 예정된 남자와 관계를 맺어 버리면 지금 이 결혼 놀이는 몸을 파는 것과 뭐가 다를까.

그의 장난감이 돼서 3년 동안 잠자리 대용품이 되고 싶은 생각은 전혀 없었다.

'정신 차려. 이 남자는 안 돼.'

결혼을 하고, 혼인 신고를 하고, 그의 가족들을 만나는 동안 정말로 그의 부인이 되고 싶다는 생각을 하고 있었던 것 같다. 가족이 생기고 그 테두리 안에 들어가고 보니 나가고 싶지 않은 모양이었다. 점점 그가 욕심이 났다. 정확히는 그의 아내 자리가.

그가 누구나 부러워할 만한 남편감이라는 속물적인 감상을 부정할 수는 없었다. 그러나 그것보다 생각지도 못한 그의 매력을 발견했다는 점이 가장 컸다.

무례하고 이기적인 줄 알았는데 그는 의외로 따뜻한 사람이었다. 재산보다 할아버지의 건강을 진심으로 걱정했고, 3년간의 부부 생활 동안 저에게 최선을 다하겠다는 책임감도 가지고 있었다. 매너가 좋았고, 일에 빠져 집중하는 모습은 넋을 넣고 바라보게 될 만큼 멋있었다.

재혼을 한 부모님 때문인지, 결혼에 대해 지독하게 부정적이거나 완벽해야 한다는 강박증이 있는 것 외에 그는 꽤 괜찮은 남자였다. 아니, 오히려 그런 단점이 모성애를 자극해 그를 더 보듬고 다독여 주고 싶게 만들기도 했다.

'그래서 그런가……'

어쩌면 이 감정은 그에게 끌려서가 아니라 안쓰러워서일지도 몰랐다. 연애를 많이 해 본 건 아니지만, 지금까지 사귀어 본 남자들과 경호는 달라도 너무 달랐으니까. 이렇게나 어른인데, 아이처럼 돌봐 주고 싶은 사람은 처음이었다.

'그래. 별거 아닌 거야. 주는 대로 잘 먹고 잘 입고 그러니까 귀여웠나 보다.'

세영은 그렇게 자신의 감정을 간단히 정리해 버리고 외출 준비를 했다.

심란해서 그런지 갑자기 영은이 보고 싶어졌다.

"언니!"

"영은이 잘 있었어?"

어린 사촌 동생은 병원 생활이 집만큼이나 익숙해서 그런지 얼굴에 구김살이 없었다. 그건 그거대로 안타까운 일이었지만 갑갑한 병원에서 밝게 지내 주는 게 고마웠다.

세영은 영은의 보들보들한 볼살을 꼬집으며 장난을 쳤다.

"아파! 큭큭."

숨넘어가게 웃던 영은은 잠시 후 천진난만한 표정으로 물었다.

"근데 언니, 결혼했으니까 아기 생기는 거야?"

"응? 뭐? 아, 아기?"

"응! 나 친동생 갖고 싶은데, 아빠가 영은이는 엄마가 없어서 동생을 가질 수 없대. 근데 언니는 결혼했으니까 아기 낳아 줄 수 있다고 했어."

"그게…… 영은아. 언니 아기는 영은이한테 동생이 아니라

조카야."

"그게 뭐야? 영은이 아기랑 놀고 싶어. 하영이는 엄마가 예쁜 동생 낳았대."

"아기는 좀 더 나중에. 그렇게 빨리 태어나지 않아."

"하영이가 그러는데, 엄마랑 아빠가 사랑하면 금방 아기가 생긴대. 언니도 빨리 사랑해서 아기 낳아 줘."

어린이집 친구를 들먹이며 영은이 아기가 갖고 싶다고 조르는 통에 난감하던 찰나였다.

"영은아! 오빠 왔다!"

"어?"

뜻밖에도 정태가 병실 문을 열고 반갑게 들어왔다.

"정태 오빠!"

사촌 언니의 친구라는 이유로 오빠라 불리는 행운을 거머쥔 정태가 싱글벙글 웃으며 영은을 안아 올렸다.

"너도 와 있었네?"

"어쩐 일이야?"

"지나가다 생각나서 들렀지. 요즘 우리 공주님도 자주 못 보고 해서. 영은이 밥 잘 먹었어?"

"응, 오빠. 근데 오빠는 왜 결혼 안 해?"

"응?"

"우리 언니는 결혼했잖아. 오빠는 왜 안 했어?"

"아, 오빠는…… 아직 할 사람을 못 찾아서……."

"그러면 언니랑 하지. 언니랑 했으면 좋았을걸."

영은의 뿌루퉁한 투덜거림이 순식간에 분위기를 어색하게 만들었다. 못 들은 척하는 세영을 대신해 정태가 진땀을 흘리며 수습했다.

"언니는 오빠보다 훨씬 더 멋진 사람이랑 결혼했는데?"

"나는 싫어!"

갑자기 영은이 앙칼진 목소리로 화를 냈다. 놀란 세영이 눈을 크게 뜨고 타일렀다.

"영은아, 너 왜 그래?"

"언니가 결혼해서 영은이랑 매일 같이 안 있잖아! 정태 오빠랑 결혼했으면 언니랑 오빠랑 만날 볼 수 있는데."

"그건……."

"그리고 정태 오빠는 언니 사랑하니까 아기도 금방 낳아줄건데."

"뭐, 뭐?"

세영과 정태는 함께 병실을 나왔다. 정태는 괜찮다는데도 굳이 데려다주겠다고 그녀를 차에 태웠다.

"아까 영은이가 한 말, 너무 신경 쓰지 마."

말없이 창밖을 보고 있는 세영을 향해 정태가 조심스럽게 말을 꺼냈다.

"신경 안 써. 애들이 그렇지, 뭐. 우리 둘이 하도 붙어 다니니까 좋아하는 것처럼 보였나 봐."

"애들 눈이…… 정확할 때도 있어."

"응?"

"아니. 그런 거 잘 맞추는 애들이 많아서 괜히 니가 신경 쓸까 봐."

"안 쓴다니까."

"그건 그렇고. 네 남편, 혹시 영은이 한 번도 안 만나 봤어?"

"……어."

"결혼식 때는 어쩔 수 없었다지만, 병원엔 왜 한 번도 안 와 본 거야?"

"워낙 바쁜 사람이야."

"아무리 바빠도 그렇지. 그리고 한창 신혼인데, 넌 얼굴이 또 왜 그러냐?"

"내 얼굴이 뭐?"

"부은 것도 같고……. 좀 안 좋아 보이는데?"

아직도 살짝 부어 있는 뺨을 용케도 알아차리는 정태를 보고 세영은 피식 웃었다.

"이야, 세월이 무섭긴 하다. 우리 참 오래도 붙어 다녔나

보다."

"무슨 소리야?"

"역시 넌 내 친구라는 거지."

"하! 퍽이나! 결혼식도 못 오게 했으면서."

"어유, 그게 아직도 서운해? 내가 그래서 일도 해 줬잖아. 그거 때문에 얼굴이 이렇게 됐는데!"

"응? 설마 그 집 사모님이 진상 부렸어? 뭐야! 교양 있는 분이라 그런 일 절대 없을 거라고 해 놓고! 이 사람들, 가만 놔두면 안 되겠네!"

"됐어. 한두 번도 아니고."

그 일로 인해 경호에게 야단맞은 게 더 문제였다. 보이지 않는 벽을 세우고 잔뜩 경계하고 있었는데 그만 벽이 와르르 무너져 버리고 만 것이다.

그에게 안기고, 그의 손길이 발을 스쳤던 촉감이 다시 떠올랐다.

'하아. 누가 귀여워? 말이 되는 소리를 해라. 귀여운 게 아니라…… 완전 섹시했잖아.'

골목을 꺾어 들자 어느새 익숙해져 버린 풍경이 눈에 들어왔다.

"이야, 아파트 진짜 좋다. 네가 이렇게 팔자를 고칠 줄이야. 이럴 줄 알았으면 더 친하게 지내는 건데."

"더 친하게 지냈으면 넌 지금 내 옛 남친이라고 불렸을 걸?"

"그, 그런가? 근데 왜 헤어졌다고 가정을 하냐? 우리 둘이 안 헤어지고 이런 데서 살고 있을지 어떻게 알아?"

"품, 뭐야. 그럼 나는 누구랑 결혼해도 이런 집에서 산다는 거네?"

세영은 웃으면서 정태의 말을 대수롭지 않게 넘기고 차에서 내렸다. 그런데 그 순간 그녀의 얼굴이 딱딱하게 굳었다. 이 시간에 보기 힘든 경호의 은색 세단이 눈에 들어왔기 때문이다.

"왜 그러고 서 있어? 들어가자. 나도 집 구경 좀 해 보게."

아무것도 모르는 정태가 옆에서 재촉을 했지만 세영은 그 말이 들리지 않는 듯 은색 세단에서 내리는 경호를 쳐다보았다.

'왜 벌써 왔지? 오늘은 야근이라도 할 것 같더니.'

멍하게 서 있는 세영의 모습에 그녀를 따라 시선을 옮기던 정태도 그제야 맞은편의 남자를 알아보았다.

"어? 남편이지?"

두 사람이 함께 있는 것을 본 경호가 그들을 향해 천천히 다가왔다.

"이, 일찍 오셨네요."

왜 말을 더듬은 걸까. 남의 눈에 띄어 좋을 게 없는, 즉, 오해 살 일은 하지 말라는 계약서 조항 때문일까. 아니면 싸늘한 그의 눈빛 때문일까.

"누구……신지?"

"아, 이쪽은……."

세영이 정태를 옛 직장의 사장이라고 소개하려던 순간이었다.

"처음 뵙겠습니다. 세영이 대학 동기이자 베스트 프렌드, 이정태라고 합니다."

정태가 나서서 호기롭게 악수를 청하며 자기소개를 하자 세영은 당황하고 말았다. 어쩐지 경호의 낌새가 불안했기 때문이다. 그런데 의외로 경호는 시원하게 손을 맞잡으며 미소를 지어 보였다.

"아, 말씀 많이 들었습니다. 이변태 씨."

"예?"

"그렇게 부르던데요. 이변태."

역시 불길한 예감은 맞아떨어졌다. 싱긋 웃으며 세영을 바라보는 그의 웃음이 아주 사악해 보였다.

"뭐, 워낙 친하다 보니 막 부르긴 하는데 다른 사람 입으로 들으니까 어색하네요. 하하하."

넉살 좋게 웃어넘기곤 있었지만 오버스러운 것이 정태도

어딘가 불안해 보였다.

"오늘 친구 만나는 줄은 몰랐는데. 이왕 만났으면 더 놀다 오지 그랬어? 또 내 저녁밥 걱정에 허겁지겁 온 거야?"

경호는 평소보다 더 부드러운 음성으로 말을 건네며 세영의 머리카락을 다정하게 쓸어 주었다. 물론 세영은 안 하던 짓을 하는 그의 행동에 소름이 돋았다. 더군다나 오늘 아침 그렇게 차갑게 대해 놓고 이렇게 가식적일 수가!

세영은 그런 경호가 못마땅해 저 역시 한껏 자애로운 미소를 지으며 머리카락을 쓸어 주던 그의 손을 붙잡았다.

"어떻게 그래요. 나 없으면 밥도 잘 못 먹는 거 아는데."

"들켰나? 어떻게 알았지?"

"그걸 왜 몰라요."

"……"

세영과 경호가 다정함으로 위장한 기 싸움을 벌이는 바람에 애꿎은 정태만 못 볼 꼴을 보며 못 들을 소리를 듣고 있었다.

"크흠!"

헛기침으로 주위를 환기시키자 두 사람이 동시에 정태를 바라보았다.

"오늘 고마웠어. 잘 가. 다음에 또 보자."

세영은 차 한잔하고 가라는 소리도 없이 손을 흔들었다.

이럴 때는 또 손발이 잘 맞아, 경호 역시 그를 향해 빠르게
인사를 건넸다.

"만나서 반가웠습니다."

"아, 예. 그럼 이만……."

경호는 정이 뚝뚝 떨어지는 말투로 제 할 말만 하고는, 정
태의 인사가 채 끝나기도 전에 등을 돌려 버렸다.

세영은 이런 놈이랑 도대체 왜 결혼을 한 걸까. 뭣 때문에
저렇게 쩔쩔매는 걸까.

약점이라도 잡힌 듯 그녀답지 않은 모습이었다.

이래저래 정태는 씁쓸하게 돌아갔다.

그의 차가 떠나는 소리를 들은 세영이 힐끗 고개를 돌렸
다.

그러자 엘리베이터를 기다리던 경호가 못마땅한 목소리로
물었다.

"어디 갔다 오는 길이야?"

"영은이 보러요."

"그런데 왜 저 사람이랑 같이 오는 거지?"

"병원에서 만났어요. 올 때 태워 준다길래 그러라고 했어
요."

"부르지도 않았는데 사촌 동생 병문안을 와 줬다고?"

"자주 와요. 인정이 많은 놈이라서 아무리 바빠도 그런 건

안 잊어 먹고 챙기거든요."

그가 한 번도 영은을 보러 오지 않은 게 서운해서 비꼬았다. 서운하다고 생각한 적은 없었는데, 오지 않는 게 어쩌면 당연한 건데, 자신이 그의 집을 챙기고 생각하는 것만큼 그가 저를 생각해 주지 않는 게 원망스러워졌다.

말도 안 된다. 돈을 받고 일을 하기로 한 건 저인데. 알면서도 갑자기 그게 이렇게 서운할 줄이야. 정태랑 비교가 돼서일까.

"네가 있는 줄 알고 찾아온 건 아니고?"

마침 엘리베이터가 도착해 문이 열리자, 경호는 말을 툭 던지고 성큼성큼 먼저 올라타 버렸다.

세영은 그의 뒤를 따라 들어가며 따지듯이 물었다.

"그걸 어떻게 알…… 잠깐만요. 왜 제가 변명하듯이 대답을 해야 하죠?"

"변명하듯이가 아니라 변명을 해야 하는 상황이지."

"왜요?"

"나를 주시하는 눈이 몇 개일 것 같아? 분명히 말했을 텐데. 계약서에도 있어. 의심받을 행동은 하지 않을 것!"

"하! 남자는 택배 기사하고도 말하면 안 되겠네요?"

"그 남자는 택배 기사가 아니잖아. 택시 기사도 아니었는데 그 차에서 내렸지."

더 말해 봐야 입만 아플 것 같았다. 세영은 정중하게 사과하는 것으로 이 대화를 끝내고 싶었다.

"미안합니다. 제가 경솔했네요. 두 번 다시 이런 일 없도록 하겠습니다."

"하나 더."

"네?"

"옷차림. 그러고 다니지 말라고 말했어. 내가 사 준 옷 있잖아."

세영은 슬그머니 짜증이 났다. 오늘따라 일찍 들어와서 왜 이렇게 시비를 거는 걸까.

"병원에, 그것도 영은이 만나러 가면서 굳이 차려입고 싶지 않았어요. 그럼 애가 거리감 느낀단 말이에요."

"그 애 말고도 거리감을 느껴야 할 사람이 있지. 이제 옛날처럼 그렇게 편하게 다닐 수 없어."

"정태 얘기 하는 거예요?"

"그 남자가 예전에 베스트 프렌드건 뭐건 간에 지금 당신은 내 아내고, 예전처럼 편하게 대할 수 없는 여자지."

"나더러 인간관계를 엉망으로 만들라는 건가요?"

"그게 당신이 받은 돈만큼 감수해야 할 일이겠지."

"!"

경호는 그녀의 눈빛이 차갑게 가라앉는 것을 보았다.

순간 자신이 큰 실수를 했음을 깨달았지만 사과할 타이밍을 놓쳐 버렸다. 띵 하고 엘리베이터가 도착하자, 세영은 아무 일도 없다는 듯 부드러운 어투로 말했다.

"들어가서 먼저 씻으세요. 저는 저녁 준비를 해야 하니까요."

그날 저녁은 그녀가 차려 준 식사 중에서도 가장 호화로운 차림이었다. 온갖 솜씨를 부려 만든 요리였지만 경호는 밥이 넘어가지 않았다.

"그게 당신이 받은 돈만큼 감수해야 할 일이겠지."

제가 한 말이 자꾸만 목에 걸려서 쓸데없이 호화로운 저녁 상이 부담스럽기만 했다.

＊　　　＊　　　＊

경호가 누군가를 불러내 개인적으로 만나는 일은 극히 드물었다. 며칠 전 그에게 만나자는 전화가 왔을 때만 해도 석현은 그냥 저녁 한 끼 하자는 뜻인 줄 알았다. 응급 환자 때문에 어쩔 수 없이 약속을 취소했는데, 3일이나 지난 오늘 그가 또다시 저를 불러냈다.

"무슨 일이라도 있냐? 왜 사람 불러내고선 말을 안 해?"

간단한 음식을 시켜 먹기 시작한 석현의 앞에서 경호는 묵묵히 사케를 들이켜다 피식 웃어 버렸다.

"일은 무슨. 오늘 회사에서 어떤 놈이 상담을 청해 왔는데…… 그게 자꾸 생각나서."

"그래? 너한테 상담을 요청했다고? 악마라고 뒤에서 욕하는 게 아니라?"

"내가 직원들을 너처럼 대한다고 착각하지 마."

"특별하게 생각해 줘서 눈물 나게 고맙다. 그래서? 대체 고민이 뭐였길래 너까지 무게를 잡고 있는 건데?"

석현은 안주로 나온 닭꼬치를 우적우적 씹으며 대수롭지 않게 물었다.

"아무래도 회사에 골치 아픈 일이 생길 것 같아서 신경이 쓰여."

"뭔데 그래?"

"그놈이 업무 파트너로 지내던 여자랑 술김에 같은 방에서 잠을 잤었나 봐."

"그런데? 다 큰 성인들인데 그러면 큰일 나? 사내 연애 금지야? 아니면 뭐 불륜이야?"

"그런 게 아니라. 분명 아무 생각도 없었고, 그럴 사이도 아니었는데…… 덮칠 뻔했대."

"덮칠 뻔한 거야, 덮쳤는데 아닌 척 시치미 떼는 거야?"

석현이 믿을 수 없다는 듯 빈정거리자, 경호는 짜증이 나려는 걸 꾹 참고 친절하게 대답해 주었다.

"덮칠 뻔한 거라고 말했잖아."

"뭐야, 그럼 아무 일도 없었다는 거 아냐?"

"그렇지."

"아니, 덮칠 뻔했으면 아무 문제 없는 거잖아. 덮쳐서 임신이라도 했으면 모를까, 뭐가 문제인 건데?"

"좋아하는 여자도 아니고 하다못해 그럴 목적으로 같은 방에 들어간 것도 아닌데 그런 일이 생기니까 혼란스러운 거지. 팀원들끼리 어색한 관계로 지내는 거 아무래도 좋지 않고……."

"무슨 말도 안 되는 소리야? 좋아하는 여자도 아닌데 술을 먹고 한방에 들어가? 뭐 그런 무책임한 놈이 다 있어! 남자가 남자를 몰라? 1년 365일 발정 나 있는 게 남자 아니냐!"

석현의 문제는 늘 이거였다. 딱히 상담할 사람이 없어서 그나마 만만한 석현을 부르긴 했지만 그는 너무 말이 많았다.

경호는 상담을 시작한 지 채 1분도 되지 않아 귀가 따갑기 시작했다. 그래서 되도록 그의 말이 길어지지 않도록 자세히 설명을 시작했다.

"그러니까, 그놈은 원래 여자라면 목석처럼 여기는 놈이었어. 여자보다 일을 더 사랑하는 놈이지. 술 취한 여자를 건드려? 그건 자존심 때문이라도 절대 할 수 없는 일이야. 더군다나 덮칠 뻔하고 끝났으면 그걸로 다행인데, 그렇지가 않대. 자꾸 생각나고, 심지어 덮치지 않은 게 후회가 된대. 벌써 며칠이 지났는데 그 여자를 똑바로 보지도 못하겠대. 그러면서 그 여자가 안 보일 때는 일에 방해가 될 정도로 그 여자 입술과 가슴이 아른거린대. 그 짓이 하고 싶다는 생각밖에 안 든다는 건 다분히 문제가 있잖아?"

"야…… 한경호."

"?"

"너 그거…… 직원 얘기 확실해? 너 혹시…… 바람피우냐?"

"직원 일이라고 말했지?"

경호가 윽박지르듯이 말했는데도 석현은 어딘가 찜찜하다는 표정으로 중얼거렸다.

"그래, 그건 그렇지……. 천하의 한경호가 위험한 사랑을 나눌 만큼 가슴이 뜨거운 남자는 아니지."

"사랑?"

"아무리 그 여자를 놓친 게 아쉬워도 좋아하니까 생각나는 거지. 관심도 없는 여자를 놓쳤으면 허구한 날 생각이 나겠냐? 더군다나 그렇게 이성적인 남자가."

가슴이 철렁했다.

사랑이라니!

그러고 보면 석현에게 고백하지 못한 게 하나 더 있었다. 그날 정태를 만나고 온 세영에게 퍼부었던 악담과 유치한 행동들. 떠올릴 때마다 얼굴이 화끈해지는 저답지 않은 짓 때문에 계속 후회하고 있지 않은가.

'하……. 그게 싫어서 이런 결혼을 했는데, 내가 그렇게 원하지 않던 길로 들어서고 있잖아.'

누군가를 사랑해서 남들처럼 결혼하고 웃고 울고 투덕거리며 사는 것은 쓸데없는 감정 소모라고 생각했다. 병들어서까지도 아버지와 소리 높여 싸우기만 하던 어머니를 생각하면 사랑 같은 건 금방 식어 버리는 감정에 지나지 않는다고 느껴졌다.

그런 것에 시간 낭비하고 기력을 쏟고 싶지 않았는데, 그렇게 피하던 짓을 어느새 자신이 하고 있었다.

그 후로도 줄줄이 이어진 석현의 수다에 경호는 자신이 어떤 대꾸를 했는지도 알 수 없었다. 두어 시간이 흐르고 이제 그만 들어가 봐야 한다는 석현을 보내고 택시를 잡았다. 망설이다 집 주소를 말하는데 다시금 가슴이 뛰었다. 그런 제 모습에 실없이 웃음이 났다.

"좋아하니까 생각나는 거지."

다른 누군가를 가슴속에 담게 될 줄이야.

그 냉철한 한경호가 내내 제 마음도 이해하지 못해 남의 말을 듣고서야 비로소 깨닫다니.

"나를 바보로 만들었네. 이 여자가."

한번 인식하자 감정은 걷잡을 수 없이 번져 갔다.

이상하게 보고 싶고, 좀 더 가까이에 있고 싶었다. 이미 한 집에 같이 살면서도 말이다.

한편으로는 그녀가 저를 어떻게 생각하는지 궁금해졌다. 아니, 진실을 알고 싶었다.

"그쪽이 유혹하면 못 견딜 것 같거든요."

술기운을 빌려 내뱉었을 그 말이 다른 순간에도 유효한 건지.

집에 도착해 벨을 눌러도 그녀는 대답이 없었다. 외출이라도 한 걸까. 오늘은 늦는다고 미리 연락을 줬기에 그럴 가능성이 있었다.

비밀번호를 누르고 집 안으로 들어섰다. 불이 켜져 있는 걸 보아 하니 가까운 곳에 나간 모양이었다.

방문을 열고 옷을 벗어 둘 때였다. 이상한 소리가 들리는 것 같았다. 잘못 들었다고 생각하고 손목의 시계를 풀던 그가 또다시 멈칫했다.

꺅.

마치 비명 같은 소리에 그가 재빨리 거실로 나갔다. 정확히 욕실 안에서 여자의 울부짖는 소리가 들려왔다.

집에 있을 사람이라곤 우세영, 그녀뿐.

설마……!

일순, 온갖 무서운 생각이 머릿속을 덮었다. 망설이지 않고 욕실로 달려간 그가 벌컥 문을 열어젖혔다.

"우세영!"

못 들은 모양인지 콸콸 쏟아지는 물소리 틈으로 여전히 그녀의 목소리가 들려왔다. 경호는 다급히 뿌얀 수증기로 가득한 샤워 부스의 문을 열며 뛰어들었다. 뜨거운 물줄기가 그의 머리 위로 쏟아지면서 매끈하고 부드러운 몸이 손에 잡혔다.

"무슨 일이야, 우세영!"

"꺄아악!"

그러나 경악에 물든 그녀의 커다란 눈동자를 마주하는 순간, 지금까지와는 비교할 수 없는 비명 소리에 귀가 얼얼해질 정도였다. 순식간에 손을 빠져나가는 매끈한 살결을 느낀 그는 그제야 뭔가 잘못되었다는 사실을 깨닫고는 굳어 버렸다.

발가벗은 그녀의 몸. 열린 문으로 날아가 버린 수증기는 그녀의 몸을 가려 주지 못했다. 며칠간 저를 괴롭히던 상상의 나체가 이렇게 손에 만져지는 실체로 나타난 것이다.

"미쳤어요? 무, 무슨 짓이에요!"

세영에게는 날벼락 같은 일이었다. 재빨리 주저앉아 양팔로 몸을 감쌌지만 이미 늦었다는 걸 알고 있었다.

경호가 이렇게 빨리 돌아올 줄 모르고 욕실 문을 제대로 잠그지 않았다. 별생각 없이 노래까지 부르며 샤워를 즐기고 있었는데 별안간 알몸으로 그를 마주하게 된 것이었다.

"무슨…… 짓이 아니라……. 비명 소리 같은 게 나서……."

"비명은 지금 지르고 있잖아요!"

"……."

"빨리 나가요! 빨리!"

기겁한 세영이 더욱 몸을 웅크리며 소리를 질렀지만 경호는 꿈쩍도 하지 않았다.

"이, 이봐요, 한경호 씨. 아무 일 아니에요. 그냥 샤워만 한 거니까……!"

"……."

세영은 마른침을 꿀꺽 삼켰다. 물이 뚝뚝 떨어지는 머리를 쓸어 올리지도 않고 말없이 내려다보는 그의 눈빛은 저를 걱정하는 눈이 아니었다.

"나, 난 괜찮으니까…… 빨리 나가 주세요. 뭐하고 있어요. 옷도 다 젖는데……."

"내가 유혹하면 못 견딜 것 같다고 했던가?"

"……!"

갑자기 튀어나온 물음에 세영은 말을 잇지 못했다. 여전히 물이 쏟아지는 샤워기 아래서 저를 바라보는 눈빛이 뜨거웠다. 세영은 한참 만에야 간신히 입을 열었다.

"지금 그, 그게 무슨…… 헉!"

갑자기 그녀의 허리로 감겨든 팔. 훌쩍 당겨진 젖은 몸이 남자의 품에 들어갔다. 우습게도 세영은 이렇게나마 그의 시선을 벗어났다는 것에 약간 안도했다. 그것도 묘하게 후끈한 남자의 체온을 느끼기 전까지였지만.

체온보다 더 큰 문제가 있었다. 그의 펄떡거리는 심장과 허리 아래에서 단단하게 부풀어 오르는 남성이 느껴지기 시작했기 때문이다.

"겨, 경호 씨. 옷이 다 젖고 있다고요. 일단……!"

"우세영."

중저음의 목소리에 그의 몸을 밀어내려던 세영이 흠칫했다. 그 순간 몸을 휘감은 힘이 더 강해졌다.

"헉!"

"이래도 아무 느낌이 없나?"

느낌. 이렇게까지 수컷의 냄새를 풍기며 노골적으로 달라붙지 않아도 세영은 이미 충분히 그를 느끼고 있었다. 그가 남자이고, 심지어 섹시하다는 것을.

그러니 지금은 온몸을 덮쳐 오는 끈적거리는 감각을 떨쳐 내야 했다.

"말해 봐. 내가 지금 너를 유혹하고 있잖아."

"그러니까 갑자기 왜 이러는 건데요."

"네가 싫다고 하면 그냥 이대로 너를 놓아주고 나갈 거야. 그리고 다시 네가 문을 열고 나오면 우리는 아무 일도 없었던 것처럼 남은 계약 결혼을 지속할 수 있어. 그러니까 강요는 안 해. 솔직히 말해 봐. 지금 느낌이 어떤지."

치명적인 위험에 노출된 세영은 쉽게 대답을 할 수 없었다.

'미쳤어. 왜 말을 못 하니. 그냥 싫다고 뿌리치면 되잖아.'

그러나 결국 그녀는 얼결에 떠오르는 생각을 뱉어 내고 말았다.

"그, 그게…… 냄새가 나요. 젖은 개 냄새가……."

"개?"

"헉!"

무슨 말을 해 버린 걸까. 제대로 말실수를 해 버린 세영은 울상이었다. 그러나 황당한 표정을 짓고 있던 경호의 입에서 웃음이 터져 나왔다.

"크큭…… 큭…… 개라고?"

"아, 아니 그게 제 말은 오, 옷이랑 밖에서 쌓인 먼지가 젖어서 그런 거 같으니 일단 옷 좀 벗으시고……."

"벗어? 그걸 원하는 거야?"

가엾게도 갈수록 무덤을 파는 것 같아 세영은 정신마저 혼미해질 지경이었다. 이 남자 왜 이렇게 짓궂은 거야.

"그게, 이러시면 고, 곤란합니다……."

"아직도 고객님 모드야?"

"네?"

경호는 불만스러운 눈으로 그녀를 쏘아보더니 길게 한숨을 내쉬고 말했다.

"당신. 한 번 실패했다고 이러기야?"

그녀의 눈빛이 크게 흔들렸다.

"우세영 씨. 술기운을 빌려 날 유혹하려던 속셈을 내가 모를 줄 알았나?"

"아, 아뇨! 처음부터 그럴 생각은……!"

"아, 처음엔 그럴 생각이 아니었고. 그럼 언제부터?"

다 알고 있다는 듯이 음흉하게 웃는 그의 앞에서 세영은 평소와 달리 실수 연발이었다. 그러다 결국 포기했는지 작게 한숨을 내쉬었다.

"……한경호 씨가 뒤척일 때부터요."

"뭐?"

"어쩌면 이 남자. 아무렇지 않은 척하지만 날 신경 쓰는 게 아닐까. 그냥 시험해 보고 싶었던 것뿐이에요."

"그럼 다 알면서 여태 시치미 떼고 있었다는 거네."

도망갈 구석까지 완벽하게 막아 버린 경호가 천천히 몸을 숙였다. 그리고 쏟아지는 물줄기를 아랑곳하지 않고 그녀의 입술로 자신의 입술을 가져갔다. 살짝 머금은 그녀의 입술 안쪽을 스치던 그가 입술을 뗐다.

"그날 여기까지 하고 멈춰 버려서 서운했던 건가?"

세영은 더 이상 숨기지 않았다.

"제가 깨어 있는 걸 들킨 줄 알았어요."

"전혀 몰랐는데."

"그럼 괜히 혼자 마음 졸인 건가요."

"아니. 나도 들켰을까 봐, 한심한 놈이라고 생각하면 어쩌나 마음 졸였어."

"어쩌죠? 그렇게 생각했어요."

"이제 이미지를 만회해야겠어."

경호는 손을 뻗어 샤워기를 잠갔다. 여전히 한 손은 그녀의 허리를 꼭 감아 쥔 채 다른 한 손으로 그녀의 턱을 부드럽게 올렸다.

그녀의 입술을 베어 문 순간, 그는 갑자기 그녀를 거칠게 다루기 시작했다. 부비듯이 입술을 빨고 입을 크게 벌려 깊이 혀를 밀어 넣었다. 말캉한 혀는 그녀의 입안을 힘차게 휘저으며 참아 왔던 욕망을 터트려 버렸다.

입안 구석구석을 찌르는 그의 혀는 그녀의 전부를 맛보고 싶어 안달 난 것처럼 덤벼 왔다.

허리 아래에서 느껴지는 또 다른 그의 것이 불끈거리며 그녀의 아랫배를 자극하는 것처럼.

세영이 뒤로 주춤 물러나자 경호는 그녀를 더 바짝 껴안아 자신의 안에서 날뛰는 욕망을 느끼도록 만들었다.

세영의 몸에서 흐르는 물방울들은 이미 그의 가슴과 배를 전부 적셔 놓았지만 그녀는 오히려 조금 전보다 더 젖어서 흐느적거리고 있었다.

'아!'

그의 혀가 세영의 혀를 당길 때 커다란 손이 그녀의 젖가슴을 쥐었다. 차가운 유두에 닿은 남자의 뜨거운 손길을 느끼고서야 세영은 자신이 아무것도 입고 있지 않았다는 것을 다시금 깨달았다.

그가 두 손가락으로 유두를 비벼 대자 동시에 배꼽 아래에서부터 다리 사이까지 저릿하게 조여 들었다.

샤워기를 끈 지금, 몸을 적시고 있는 식어 버린 물과는 확연히 다른 뜨거운 액체가 안쪽 허벅지를 타고 흐르는 것 같았다.

점점 허벅지가 떨려 오고 서 있기가 힘들어지기 시작했다. 세영은 저도 모르게 그의 목을 감싸고 발꿈치를 든 채 매달렸다.

그러자 경호는 허리를 감싼 손을 아래로 쓸어내려 그녀의 앙증맞은 엉덩이를 쥐고 나머지 팔로 허벅지를 들어 자신의 무릎 위에 올렸다.

욕조에 발을 얹고 있던 그의 무릎에 허벅지가 걸쳐지자 그녀의 다리는 크게 벌어지고 말았다.

"!"

갑자기 아래에 시원하게 바람이 들어오자 몽롱해지던 세영의 눈이 번쩍 떠졌다.

"하악…… 하아……!"

황급히 입술을 떼고 조금 못마땅한 눈으로 그를 올려다보자 막 안쪽 허벅지를 더듬어 그녀의 꽃잎에 닿았던 그의 손이 멈칫했다.

"왜?"

"좀 불공평한 것 같아서요."

"뭐가?"

"젖은 양복에 당신 살빛이 비치는 거 섹시하긴 해요. 그렇지만 나 혼자 이렇게 발가벗겨 놓고 흥분시키는 건 반칙이에요."

그렇게 말하는 세영의 모습은 미치도록 안고 싶을 만큼 귀여우면서도 요염했다. 경호는 그녀의 늘씬한 몸매를 천천히 눈에 담았다.

깊은 쇄골에 고여 있던 물이 또르르 흘러내려 적당히 솟아오른 가슴 계곡 사이와 하얀 배를 지나갔다. 그리고 배꼽 아래의 손바닥보다 작은 언덕에서 뚝뚝 방울져 떨어지고 있었다.

그런데 이걸 어떻게 참으란 말인가!

경호는 그녀의 투정을 받아 줄 시간이 없었다. 부스 안의 벽으로 세영을 밀어붙이고 그녀의 다리 사이에 제 한쪽 다리를 끼워 넣어 발을 벌리게 했다. 그리고 벽에 등을 기댄 세영의 코앞으로 고개를 숙여 속삭였다.

"내 옷은 당신이 벗겨 줘."

"……."

"내가 당신을 적셔 놓는 동안. 빨리해야 할 거야. 내 몸을 감상하고 싶다면."

"!"

그의 속삭임은 거부할 수 없는 명령처럼 세영을 움직이게 만들었다.

"다리. 더 벌려."

그녀는 다리를 한껏 벌리고 그의 와이셔츠 단추를 풀기 시작했다.

"흡!"

단추 하나를 채 풀기도 전에 불쑥 들어온 낯선 감각에 놀란 그녀는 어깨를 움츠리고 다리 사이를 조였다. 그의 손이 거리낌 없이 언덕을 쓰다듬어 온 것이다.

"힘 빼."

"하아아……."

그의 손가락은 단단하고 길었다. 그것을 알려 주고 싶은지 도톰한 살 속에 파묻힌 손가락이 갈라진 굴곡을 따라 엉덩이까지 주욱 파고 지나갔다.

그의 손가락이 그렇게 제 할 일을 해 나가고 있을 때 세영의 손가락은 그러지 못했다.

파르르 떨리는 그녀의 손가락은 자꾸만 단추를 놓치거나, 다리 사이를 파고드는 감각에 집중하느라 자신이 하던 일을 잊곤 했던 것이다.

경호는 자신의 손을 적시는 물이 샤워기를 통해 나온 물이 아니라는 것을 알고 있었다. 그보다 더 미끈거리고, 그보다 더 뜨겁고, 점점 더 많은 물이 흐르고 있었으니까.

세영의 호흡이 거칠어졌다. 뺨을 붉게 물들인 채 바쁘게 손을 움직였다. 점점 더 초조하고 안달이 나 견딜 수가 없었다. 와이셔츠를 뜯어 버릴까 싶을 만큼.

마침내 단추를 전부 풀고 그의 와이셔츠를 확 열어젖혔다. 군살 하나 없이 탄탄한 가슴과 배를 손끝으로 쓰다듬었다.

"원하는 게 그것만은 아니잖아?"

경호는 제 허리를 좀 더 앞으로 내밀어 보였다. 세영은 그의 부풀어 오른 벨트 아래를 쓰다듬으며 도도하게 물었다.

"나보다는 당신이 더 원하는 것 같은데요?"

피식 웃어 버린 경호가 돌연 그녀의 안으로 손가락을 찔러 넣었다.

"아읍!"

순간 세영은 달군 꼬챙이가 파고드는 것처럼 뜨거워 무릎을 오므리며 살짝 벽을 타고 몸을 숙였다.

그런데도 그는 안으로 넣은 손가락을 위아래로 움직이거나 마구 옆으로 흔들며 물이 흥건한 소리를 만들어 냈다.

"여기 홍수가 났는데, 급하지 않아?"

"하…… 음……."

세영은 신음으로 대답을 대신하고 허벅지를 꽉 조여 그의 손을 안으로 가두었다. 하지만 얄궂게도 그는 그 손을 쑥 빼 버렸다.

아래가 허전해진 세영이 물기 어린 눈동자로 그를 올려다 보자, 경호는 천천히 벨트를 풀었다. 그리고 버클까지 탁 풀고는 세영의 머리카락에 손을 넣어 그녀의 얼굴을 자신의 허리 아래로 당겨 왔다.

"!"

"마저 풀어 줘. 입으로."

너무하는 게 아니냐는 눈빛으로 세영이 눈을 치켜뜨며 도도하게 쏘아보자, 그녀를 내려다보고 있던 경호가 장난기를 머금은 목소리로 말했다.

"왜요? 뭐든 다 잘하는 우세영 씨가 이런 건 못합니까?"

입술을 삐죽 내민 세영이 단정하게 대답했다.

"고객님이 원하신다면."

그녀는 입술을 벌려 치아로 지퍼를 물었다. 그리고 아래로 천천히 당겼다. 그의 팬티 속에 터질 것 같은 남성이 웅크리고 있는 것을 바로 마주 보며.

경호는 그녀의 거친 호흡이 그곳에 닿자 뜨거워 견딜 수가 없었다. 당장에 그녀를 번쩍 안아 올려 얼굴을 마주 보았다.

세영은 다시 그의 목에 팔을 두르고 다리로 허리를 끌어안았다. 그리고는 고양이처럼 새치름한 표정으로 물었다.

"아직 다 안 벗겼는데요?"

"너무 느려서 감질나."

그러면서 경호는 순식간에 몸에 걸친 것들을 벗어 버렸다. 덕분에 그의 성난 남성은 해방되자마자 그녀의 엉덩이 사이에 닿았다.

세영은 불끈거리는 그의 것이 싫지 않았다. 가슴이 터질 것처럼 뛰고 한껏 벌어진 아래 입은 애액을 흘리며 무언가 삼키게 해 달라고 아우성치는 것 같았다. 그녀는 그의 입술에 자신의 입술을 덮치듯이 포개며 키스를 퍼부었다.

그러는 동안 경호는 세영을 안은 채 욕실을 나갔다. 그들의 젖은 몸에서 물이 뚝뚝 흘러 침실까지 이어졌지만 둘 다 신경 쓰지 않았다.

털썩.

푹신한 침대 위로 세영의 몸이 떨어지고 이어서 곧장 그가 올라왔다. 엎드린 채로 다가온 그는 세영의 다리 사이로 들어가 무릎으로 그녀의 허벅지를 벌렸다. 적나라하게 드러난 붉은 속살이 수줍게 다물어지는가 싶더니 고여 있던 애액이 주룩 흘렀다.

경호는 안심하라는 듯이 손바닥으로 여린 꽃잎을 톡톡 두들겼다. 엄지손가락으로 그녀의 입구를 꾸욱 누르자 세영의 허벅지 살이 파들파들 떨렸다.

"흐으음……."

기분 좋은 짜릿함에 콧소리를 내며 고개를 젖힌 세영이 발 끝을 세우고 다리를 오므렸다.

경호는 입구에서 흘러나온 애액을 그녀의 꽃잎 구석구석에 바르듯이 문질러 적셨다. 야들거리는 꽃잎 안쪽 살과 콩알처럼 커져 버린 클리까지.

이제 그녀는 스스로 그의 손에 자신의 것을 들썩거리며 갖다 대고 있었다. 이불을 부여잡고 꿈틀거리는 그녀를 보면서 경호 역시 이성을 잃어 갔다.

손가락을 거두고 딱딱하게 발기한 페니스를 그곳에 댔다. 쿠퍼액으로 번들거리는 페니스에 그녀의 애액을 잔뜩 묻히고 입구를 쿡쿡 찔러 댔다.

세영은 손가락보다 더 굵고 단단한 것이 들어올 듯 말 듯 찔러 대는 통에 연신 움찔움찔 아래를 조였다가 풀었다를 반복했다.

그는 부끄럽게 벌름거리는 그녀의 입구를 손가락 두 개로 벌렸다. 그리고 한 손으로는 클리를 꾹 누르면서 나머지 손으로 페니스를 쑤욱 밀어 넣었다.

"하으윽!"

"으음……."

두 사람의 신음 소리는 절절 끓어오르는 쾌감이 내지르는 비명 같았다.

그의 것을 물고 있기가 버거울 만큼 세영은 아랫배가 뻐근했지만 갈수록 안쪽이 촉촉해지는 것을 느끼며 그가 무언가 해 주기를 바라고 있었다.

저도 모르게 그의 허벅지를 잡아채자 그것이 신호라도 된 것처럼 그가 움직이기 시작했다. 천천히 부드럽게 시작된 허리 놀림이 숨 가쁘게 깊어져 갔다.

그는 그녀가 원하는 곳, 그녀가 가려워하는 곳을 알고 있는 사람처럼 내벽을 찔러 대고 긁어 주었다. 그녀의 안을 채운 것처럼 그녀의 욕망을 그렇게 채워 갔다.

"아흐응! 흐으음……! 하아……으음!"

끊어질 듯 이어진 세영의 신음 소리가 아랫배 깊숙한 곳에서부터 쥐어짜 내듯 울렸다.

"하윽!"

그녀의 엉덩이가 세차게 밀어붙인 페니스와 함께 위로 들렸다. 더 이상 버틸 수 없는 쾌감이 파도처럼 밀려와 그녀의 여린 몸을 철썩 덮쳤다.

머리카락 한 올까지 쭈뼛거리며 타 버리는 기분이었다. 발끝이 떨리다 못해 감각이 사라지고 오로지 오르가슴이라는 강렬한 희열만이 그녀를 지배하는 것 같았다.

입을 벌리고 숨 쉬는 것도 멈춘 채 마지막 한 방울의 쾌감까지 놓치지 않았다. 서서히 꺼져 가는 오르가슴의 포말 끝에 무겁게 가라앉는 몸이 느껴졌다. 아직도 남아 있는 여운을 이기지 못해 종아리가 덜덜덜 떨리고 힘이 들어가지 않았다.

그가 머리카락을 매만지며 메마른 입술을 쓰다듬어 주자 세영은 깊이 숨을 내쉬었다.

땀인지, 눈물인지 알 수 없는 액체가 눈동자를 덮고 있어 그의 얼굴이 희미하게 보였다.

"눈 감고 푹 자. 아무 생각도 하지 말고."

그의 따뜻한 손바닥이 등을 쓸어내려 주었다. 안겨 있다는 것을 그제야 알았지만 포근함을 뿌리칠 순 없었다.

"그리고 일어나면 같이 영은이 데리러 가자."

그는 내일이 영은의 퇴원 날이라는 걸 기억하고 있었다. 생각도 못 하고 있을 줄 알았는데⋯⋯.

멀어져 가던 의식이 툭 끊겼다. 세영은 결혼 이후 가장 깊고 편안한 잠에 빠져들었다.

#4
계약 연장

경호의 아침은 늘 정확했다. 아무리 피곤한 날에도 알람이 울리기 전에 먼저 눈을 떴다. 그건 주말에도 마찬가지였다. 일이 없는 날도 변함없는 시간에 일어나 운동을 하면서 하루를 시작했다.

그런데 오늘은 그러지 못했다. 물론 기분 좋은 피로감에 정신없이 잠이 들긴 했지만 아침이 오는 것도 모를 정도로 둔하지는 않았다.

'일어나기가 싫을 때도 있다니.'

실은 잠결에 몇 번이나 눈을 떴다. 그리고 제 품에 파고 든 보드라운 세영의 몸을 안아 주며 다시 잠들곤 했다. 섹스보다 더 기분 좋은 느낌이었기 때문에 일어나고 싶지 않았다.

평소보다 늦은 아침에 눈을 뜨고 보니, 그녀가 보이지 않았다. 새삼 비어 있는 옆자리가 낯설고 허전했다.

'언제부터 같이 잤다고.'

피식 웃음이 새어 나왔다.

발가벗은 그대로 일어나 욕실로 들어갔다.

거울 속에 비친 자신의 나신을 보며 경호는 흐뭇하게 웃었다. 나르시시즘은 없었지만 남자로서 어젯밤 한 여자를 정복한 자신의 균형 잡힌 몸과 체력이 기특했다.

젖은 채로 잠이 들었더니 부스스한 머리가 엉망이었다. 이렇게 흐트러진 적은 혼자 살 때도 없던 일이었다. 그녀가 먼저 일어나 이 모습을 보았다니! 거울 속의 자신은 하룻밤 사이에 낯선 모습을 하고 있었다.

서둘러 샤워를 끝내고 침실을 나서자 어느새 익숙해진 아침 풍경이 그를 맞이했다. 냉기만 가득했던 주방에서부터 음식 냄새가 풍겨 왔고 앞치마를 맨 그녀가 단정한 모습으로 식탁을 차리는 것이 보였다.

버릇처럼 아침을 거른 날이 아침을 먹은 날보다 스무 배는 많을 것이다. 그런데도 요즘은 아침이 되면 배가 고파 왔다.

확실한 건 자신의 위장이든, 뭐든 그녀에게 길들여졌다는 것이다.

"잘 잤어?"

인사말을 던지며 슬그머니 그녀의 허리를 껴안았다.

"까, 깜짝이야! 언제 일어나셨어요?"

화들짝 놀란 세영이 슬그머니 손을 뺐다. 놀라서 그러는 건가, 익숙하지 않은 스킨십이라 그런 건가, 경호는 대수롭지 않게 넘겼다.

"방금. 좀 더 누워 있지 왜 벌써 나왔어."

"벌써라니요. 시간이 몇 시인데. 그렇지 않아도 너무 늦은 것 같아서 깨우러 가려고 했단 말이에요."

"그랬어? 그럼 그냥 기다릴 걸 그랬네."

"무슨 소리예요."

"몰라서 물어?"

"힉!"

키득거리던 경호가 그녀의 목덜미에 뺨을 비볐다. 귓불까지 빨개진 그녀가 버둥거리며 화를 냈다.

"장난 그만하시고 식사부터 하세요!"

겨우 빠져나온 세영이 정색하는 걸 보고서야 경호는 뭔가 어긋나고 있음을 눈치챘다.

"왜 이렇게 뻣뻣하게 굴어?"

"뭐가요? 아침 식사 시간이에요. 어서 식사하시고 출근하셔야죠. 늦겠어요."

"그게 다가 아닌 것 같은데? 혹시, 어젯밤 일 때문에 이래?"

"어젯밤 일로 제가 화낸다고 생각하시는 거예요? 그럴 일 없습니다. 저도 원했던 일이니까요."

"그런데 왜 이렇게 차갑게 구는 건데?"

"평소와 똑같은데요."

"그러니까. 왜 평소랑 똑같은지 묻는 거야."

"그럼 어떻게 달라져야 하는 건데요?"

"뭐?"

"달라질 게 뭐가 있어요? 우리는 3년간만 부부로 지낼 사이잖아요. 얼굴 맞대고 한집에 살면서 어젯밤처럼 실수하는 일은 종종 생기겠죠."

경호는 그녀의 말에 무섭게 인상을 구겼다.

"실수?"

"아, 실수라기보다는 그냥 플레이라고 해야 하나요? 둘 다 즐거운 건 맞으니까."

"뭐?"

"아무튼, 너무 신경 쓰지 마세요. 어젯밤 일로 특별히 달라질 건 없을 거예요."

세영은 생긋 웃는 얼굴로 경호의 멘탈을 붕괴시켰다.

그녀가 다람쥐처럼 분주하게 식사를 차리는 동안 경호는

혼란스러운 머릿속을 정리하느라 멍한 상태였다.

"빨리 식사하세요. 도시락은 저기 싸 뒀어요."

세영이 그의 앞에 수저를 놓아 주며 여느 때처럼 자리를 벗어나려 하자, 경호가 그녀의 팔을 당겼다.

"달라질 게 없을 수가 없지."

"네?"

"어젯밤 우리는 부부 관계를 가진 거야. 그러니까 그냥 애들처럼 원나잇이나 한 건 아니라는 얘기지."

"……그렇게 부담스러운 의미 두지 마세요. 우리 둘 다 성인이고 어차피 계약……."

경호는 그녀의 말을 잘라 먹으며 끼어들었다.

"같이 먹자."

"예?"

"앉아. 남편 아침상만 차려 주고 겸상 안 하는 아내가 어디 있어?"

"네? 전 원래 아침 잘 안 먹어서……."

"매번 그렇게 나만 두고 가 버리는 거 싫습니다, 우세영 씨."

"……."

"같이 있고 싶다는 겁니다. 어젯밤처럼."

능글능글 반말로 밀어붙였다가, 회유하듯 존댓말을 썼다

가. 경호는 종잡을 수 없는 화법으로 세영을 혼란스럽게 만들었다.

결국 세영은 거기서 더 움직이지 못하고 주춤거리며 식탁으로 다가섰다.

"의자도 빼 줘야 앉을 겁니까? 공주님 취급 받고 싶어요?"

"해 주시면 사양하지는 않습니다."

경호는 일어나서 정중하게 의자를 빼 주었고 세영은 어색함 없이 받아들였다.

세영의 이런 점이 좋았다. 주눅 들지 않고 당당한 모습이. 처음 만났을 때부터 그렇게 불쌍한 얼굴을 하고서도 어딘가 꺾이지 않는 자존심이 엿보였었다. 어쩌면 처음부터 끌렸는지도 모른다.

"몇 시쯤 갈 건데?"

"네?"

"영은이 퇴원하는 날이잖아."

세영은 놀란 얼굴로 경호를 빤히 쳐다보았다.

"아…… 조금 이따가 가려고요. 수속도 밟고 하려면 낮 동안에 움직이는 게 나을 거 같아서요. 아마 점심때쯤 퇴원할 수 있을 것 같아요."

"흠. 그럼 먼저 가 있어야겠네. 나는 점심시간 전에 시간 내서 가 볼게. 점심 같이 먹고 들어가면 되겠네."

"네? 저 오늘 점심은 영은이랑……."

"그래. 나도 처제 얼굴 좀 봐야지. 바쁘다는 핑계로 못 봤는데, 퇴원하는 날 점수 따야 하는 거 아냐?"

"같이 가겠다고요?"

"그러자고 했잖아. 기억 안 나?"

"!"

어젯밤 잠결에 경호가 영은을 보러 가자고 속삭였던 것이 떠올랐다.

'꿈이 아니었어?'

같이 가 주는 거야 고마운 일이었다. 얼마 전 정태에게 의심을 받은 기억도 있으니, 경호 그는 물론, 저를 위해서라도 가족들에게 함께 있는 모습을 보이는 게 맞았다. 그런데……. 문득 설렘과 함께 다시금 덮쳐 오는 현실에 세영은 애써 평정심을 가지려고 노력했다.

'아무 기대도 하면 안 돼. 우린 계약된 관계일 뿐이야. 그냥 3년 동안 부부처럼 지내려고 이러는 거야.'

사실 그녀는 어젯밤 일로 무척 동요하고 있었다. 저 혼자 괜히 착각해서 더 많은 기대를 갖게 될까 두려웠다.

"진짜 기억 안 나는 모양이네? 하긴. 어제 거의 기절했으니까."

뭐가 그렇게 좋은지 빙글빙글 웃는 그의 표정이 얄미웠다.

"기억나요. 그럼 기다릴게요."

"어린 처제라……. 나한테 그런 게 생길 줄은 몰랐는데 말이지."

그런데, 왜 자꾸 기대하고 싶은 걸까.

병원 앞에서 경호를 기다리던 세영은 초조해서 이리저리 산만하게 걷고 있었다.

그때 다행히 저만치서 낯익은 차량이 다가왔다. 반가운 마음에 저도 모르게 미소를 짓고 달려갔다. 스르륵 차를 멈춰 세운 경호가 조수석 쪽 창문을 내리고 손짓하자 세영이 재빨리 올라탔다. 병원 뜰로 진입한 차량이 주차장을 향해 달리는 동안 세영은 들뜬 목소리로 물었다.

"생각보다 일찍 오셨네요?"

"그럴 리가. 꽤 오래 기다린 눈치인데?"

"아니에요. 지금 막 나온 거예요."

믿을지는 모르겠지만 일단 그렇게 우겼다.

"소개 좀 잘해 줘. 왜인지는 모르겠는데, 애들은 날 별로 좋아하지 않거든."

"흠, 정말 이유를 모르세요?"

"애들은 잘생긴 사람들 좋아한다던데. 왜 난 싫어하는 걸까."

"풋……."

정말 모르겠다는 듯 눈썹을 찡그리는 경호를 보며 세영은 작게 웃음을 터뜨렸다. 대화를 해 보면 조금 다르지만, 처음 대면했을 때의 그를 생각하면 충분히 그 이유를 깨닫고도 남았다.

아이들이 잘생기고 예쁜 사람을 좋아한다지만 그것도 어느 정도라야지. 지나치게 반듯한 데다 조금 냉정한 느낌을 풍기는 이목구비, 특히 서늘한 눈매에서 풍기는 위압감은 확실히 아이들에게 어필할 외모는 아니었다.

그렇게 나란히 대화를 나누며 도착한 곳은 병원 건물 12층에 위치한 입원실이었다.

"영은아, 형부 왔……!"

병실 문을 열고 들어서던 세영은 그 자리에서 우뚝 멈춰 서고 말았다. 물론 뒤따라오던 경호까지도.

"언니! 정태 오빠가 나 이거 사 줬어!"

흥분한 영은의 목소리와 함께 옆에 앉아 있던 정태가 몸을 일으켰다.

"너, 이 시간에 어쩐 일이야?"

지금은 한창 일하는 시간이었기에 그가 와 있을 거라고는 생각지 못했다. 더군다나 하필 경호가 같이 왔을 때. 얼마 전에도 그 일로 다퉜는데.

"어쩐 일이긴. 오늘 영은이 퇴원하는 날이잖아."

"그래도 그렇지. 바쁘면서 뭐하러 여기까지 왔어?"

"섭섭한 소리 하지 마라. 영은이는 나한테도 동생이거든?
그보다…… 혼자 올 줄 알았는데……."

말을 돌린 정태가 그녀의 옆에 선 경호를 흘깃 바라봤다.

"또 뵙네요."

착 가라앉은 정태의 인사에 당황할 새도 없이, 경호는 아주
시큰둥한 태도로 가볍게 목례를 했다. 살짝 무례한 느낌이 드
는 행동이 평소 신중하고 예의 바른 경호의 태도와 달라 세영
은 더 당황해 버렸다. 가만히 두면 싸우기라도 할 태세였다.

세영은 어색하게 웃음을 터뜨리며 영은에게로 다가갔다.
어떻게든 분위기를 무마하려는 참이었다.

"영은이 이제 갈 준비하자. 옷만 갈아입으면 되겠다."

침대에 앉아 눈을 깜빡이고 있던 영은은 대답 대신 품에
안고 있던 엘사 인형을 들어 보였다. 그리고 그 모습에 경호
는 왠지 모를 불길한 느낌을 받았다.

젠장. 선물을 사 왔어야 했구나.

"이거 봐! 정태 오빠가 줬어."

"그래? 와, 좋겠다. 우리 영은이."

"엘사 여왕님이야, 엘사 여왕님. 예쁘지?"

"응. 그런데 언니는 우리 영은이가 훨씬 예쁜데?"

해맑게 웃음을 터뜨리는 영은을 쓰다듬던 세영은 뒤를 돌아보며 그를 향해 손짓했다. 소개시킬 타이밍이었다.

경호는 조금 긴장한 얼굴로 다가갔다.

아이는 그녀가 이 계약 결혼을 결심하게 만든 장본인이었다.

넉넉하지 않은 형편에 아이가 가진 지병은 돈이 너무 많이 들었다. 키워 준 삼촌의 은혜를 갚기 위해서라는 이유만으로 그렇게까지 자신을 희생할 순 없었다.

세영은 진심으로 사촌 동생을 끔찍하게 위하는 것이다. 즉, 그녀와 더 가까워지려면 필히 영은과 친해질 필요가 있었다.

"안녕, 우리 처음 보지?"

아이와 인사할 때는 친근감을 주기 위해 눈높이를 맞춰 주라는 글을 읽고 왔다. 시키는 대로 했건만 아이는 불쑥 다가온 얼굴에 오히려 놀라서 겁을 먹은 얼굴이었다.

"언니……."

겁먹은 아이의 모습에 당황한 세영이 얼른 밝은 목소리로 소개를 시켜 주었다.

"형부야, 영은아. 인사해야지?"

"형부?"

"그래. 언니랑 결혼한 사람. 아까부터 계속 기다렸잖아."

"싫어! 영은이가 기다린 사람 아니야!"

"으, 응?"

영은이는 날카롭게 소리 지르며 격렬하게 경호를 부정했다.

"영은아. 왜 그래? 낯설어서 그러는 거야? 형부한테 그러는 거 아니야."

"싫어. 형부 아니야! 너무 늙었잖아! 아저씨야!"

"……."

워낙 당돌한 외침에 충격이 휩쓸고 지나간 자리엔 정적이 맴돌았다. 그런데 저만치서 픽 웃음을 터트린 정태 덕분에 정적은 깨져 버렸다.

경호는 아이의 맹랑한 말에 상처 받고 정태의 비웃음에 기분이 상해 속으로 중얼거렸다.

'저놈이나 이쪽이나 액면가는 크게 달라 보이진 않는구만.'

미안해진 세영은 열심히 영은을 타일렀다.

"아니야, 이렇게 잘생긴 아저씨가 어디 있어? 봐. 영은이 잘생긴 오빠 좋아하잖아."

"싫어. 난 정태 오빠가 더 좋아. 왜 아저씨랑 결혼했어? 정태 오빠가 더 좋은데."

"영은아!"

결국 세영이 화를 내자 영은은 찔끔 입을 다물었다.

"그런 말 하는 거 아니야! 어른한테 늙었다고 하는 것도 나쁘고! 그리고 언니는 형부랑 결혼했는데, 그런 말은 정태 오빠한테도 나쁜 거야. 얼른 정태 오빠한테 잘못했습니다, 해."

시무룩해진 영은은 금방이라도 울음을 터트릴 것처럼 입술을 삐죽거렸다.

경호는 괜히 저 때문에 혼이 난 영은에게 미안해 달래 보려고 했지만 정태가 더 빨랐다.

"너무 그렇게 혼내지 마. 낯설어서 그럴 수도 있지. 내가 눈치 없이 와서 미안하다, 야. 나라도 없었으면 이렇게 비교하면서 떼쓰지는 않았을 텐데."

비교라는 말이 경호에게는 무척 거슬렸지만 세영은 눈치채지 못한 듯했다.

"아니야, 내가 미안하지. 생각해서 온 거 다 아는데."

경호는 세영의 순진함에 헛웃음이 났다.

어느덧 세영의 옆으로 다가와 다정하게 영은의 머리를 쓰다듬으며 관대한 척 웃음을 짓는 정태의 모습이 가증스럽기만 했다. 더불어 친근하게 이야기를 나누는 세 사람과 동떨어진 기분이 느껴져 점점 빈정이 상하고 있었다.

"어이구, 여기 다 모여 있네? 자네도 왔어? 바쁜데 뭐하러 와."

다행히 삼촌이 도착하자 분위기는 조금 나아졌다.

"오셨습니까. 제가 너무 늦게 찾아온 것 같습니다."

"무슨 소리야. 따지고 보면 친동생도 아닌데 바쁜 사람이
왜 여기까지 와."

삼촌이 저를 챙겨 준 덕에 소외감에서는 벗어났지만 그렇
다고 근본적인 문제가 해결된 건 아니었다.

퇴원 수속을 마치고 영은이 삼촌과 함께 먼저 병원을 나서
자 세영이 조심스럽게 경호의 소맷자락을 붙잡았다.

"저, 아까는……."

미안한 기색이 역력한 표정에 기분이 풀리려던 찰나,

"세영아."

이미 인사를 끝내고 떨어져 있던 정태가 그녀를 부르며 다
가왔다. 자꾸만 대화의 타이밍을 끊어 짜증이 날 정도였다.

"왜?"

"응. 그게 말이지…… 너 있잖아."

"왜? 뭐 할 말 있어?"

정태는 뭔가 말을 하려다 경호를 힐끗 보더니 멈칫했다.
아무래도 수상쩍어서 경호는 자리를 피해 주었으면 하는 정
태의 눈짓을 무시하고 오히려 팔짱을 끼고 두 사람을 지켜보
았다.

결국 정태는 고개를 저었다.

"아니다. 별거 아니야. 다음에 얘기하자. 밥 맛있게 먹고.

조심히 들어가."

"뭔데 그래?"

"다음에. 그럼 들어들 가십시오!"

"그래. 잘 가."

넉살 좋게 손을 흔들며 정태가 사라지자 세영은 따라서 손을 흔들었다. 그러자 경호가 흔들고 있던 그녀의 손을 확 낚아채더니 제 옆구리로 당겼다.

"왜 이래요?"

"빨리 가자고."

"더워요."

"그러니까 빨리 차로 가자."

"회사 일이 바쁘면 먼저 가세요. 괜찮아요."

서두르는 경호가 다급해 보였기에 딴에는 생각해서 한 말인데, 어쩐지 그의 표정이 더욱 굳어졌다.

"안 바빠. 배가 고파서 그래."

대림동에 위치한 낡은 투룸 빌라가 오랜만에 북적였다.

"그럼 빨리 점심 준비할게요."

아무거나 먹을 수 없는 영은을 위해 미리 음식을 만들어 싸 온 세영은 집에 도착하자마자 바쁘게 상을 차리기 시작했다. 배고프다는 경호의 말이 그녀를 더 바쁘게 만들었다.

그사이 경호는 거실에 앉아 삼촌과 어색한 시간을 보냈다. 삼촌은 재벌이라는 경호의 타이틀이 부담스러웠는지, 안절부절못하다가 결국 핑계를 대고 방으로 들어가 버렸다.

경호는 영은과 단둘이 자신의 방보다 좁은 거실에 앉아 있게 되었다.

호기심 반, 경계 반인 영은의 눈초리에 경호는 힘겹게 말을 걸었다.

"그 인형 예쁘네."

"엘사예요."

"그래. 나도 알아. 엄청 흥행한 애니메이션이잖아. 디즈니가 권선징악에 집착하면서 부진했었는데, 초창기 노선으로 돌아가 화려한 볼거리와 음악성으로 승부해서 대박을 터트렸지. 요즘 사람들 취향에 맞춰 속도감 있는 전개와 반전 있는 연출. 한층 진보적인 스토리에 지긋지긋한 가족애를 슬쩍 욱여넣은 것도 신의 한 수였지."

"......"

경호의 이야기를 멍하게 듣고 있던 영은은 언제부터인가 인형을 만지작거리면서 그의 말을 못 들은 척하고 있었다.

"내 말 듣고 있어?"

"무슨 말인지 모르겠어요."

"겨울왕국 이야기야."

"겨울왕국은 안나가 엘사 언니 찾으러 가는 얘기예요. 같이 눈사람도 만들고 놀고 싶어서요."

"그래. 그것도 겨울왕국이야."

"정태 오빠가 겨울왕국 보여 줬어요. 팝콘도 사 줬고요."

두서없이 꺼낸 말의 요지는 저의 좋은 추억을 더럽히지 말라는 뜻 같았다.

"정태 오빠가 좋아?"

"네. 좋아요."

"나는 싫고?"

"……."

영은은 대답을 거부했다.

'이 꼬맹이가. 언니가 누구 때문에 나랑 결혼했는지도 모르고.'

경호는 어린애와 한심하게 입씨름하고 싶지 않았다. 그래서 그냥 그 수준에 맞춰 주기로 했다.

"영은이는 엘사 인형 말고 가지고 싶은 거 없어?"

역시 선물 공세가 통하지 않는 아이는 없었다. 영은이 처음으로 경호와의 대화에 관심을 보였다.

"퇴원한 기념으로 갖고 싶은 게 있으면 뭐든 말해. 형부가 사 줄 테니까."

"진짜요?"

"그래. 뭐든지 다 사 줄 수 있어."

"아저씨, 부자예요?"

"어. 가진 게 돈밖에 없어."

"그래서 우리 언니가 아저씨랑 결혼했나 봐요."

"뭐?"

"우리 언니는 돈을 엄청 좋아하거든요. 돈이 많아야 잘살 수 있대요."

돈 때문에 결혼했다는 게 틀린 말은 아니었다.

"그래. 돈 많은 형부 이용해. 대신에 내가 너한테 선물을 사 주면, 이제 형부라고 부르기. 어때?"

"……."

"거래를 할 때는 서로 어느 정도의 손해는 감수해야 하는 거야."

"……?"

"무슨 말이냐면……."

잘 알아듣지 못하는 영은에게 친절하게 설명해 주려는 그 때였다.

"식사하세요!"

끙끙대며 걸어오는 세영의 모습을 본 경호가 얼른 그녀의 손에서 상을 빼앗아 들었다.

"이렇게 무거운 걸 그냥 들고 오다가 허리 다쳐."

"괜찮아요. 요령이 있어서."

"요령은 무슨. 무식하게 힘만 쓰는 거지. 이거 어디다 놔?"

"여기다 그냥 놓으면 돼요."

"여기?"

그제야 주방이 아닌 거실에서 옹기종기 모여 앉아 밥을 먹는다는 걸 눈치챘다.

이렇게 상에 둘러앉아 밥을 먹는 건 일식집이나 한정식 집에 갔을 때뿐이었기 때문에 조금 당황했지만 경호는 아무렇지 않은 척 상을 내려놓았다. 그러다가 세영과 눈이 마주치고 말았다. 저를 보면서 흐뭇하게 웃고 있던 세영이 시선을 마주하자 표정을 바꾸며 정색을 하는 게 확실히 보였다.

"돈보다 집안일 도와주는 남자가 이상형이야?"

"도와주는 걸 마다하지는 않습니다. 삼촌! 식사하세요!"

그때 영은이 쪼르르 달려와 그의 옷자락을 툭툭 잡아당기며 수줍게 속삭였다.

"엘사 공주 드레스랑 동화책 사 주세요. 형……부."

점심만 먹고 돌아오려고 했는데, 빌라를 나오니 이미 3시가 넘은 시간이었다. 경호가 입사한 이후로 처음 있는 일이었다.

"의외로 아이랑 잘 맞으시던데요."

"여자아이니까."

"달라요?"

"여자는 선물에 약하거든."

"애한테도 저한테 한 것처럼 돈으로 유혹했나요?"

"유혹할 때는 돈으로 안 해. 그건 거래였어. 너한테나, 영은이한테나."

"아무튼 수고하셨어요. 고마워요."

"별로. 재밌었어. 진짜 결혼한 것 같았어."

"그런 거…… 안 좋아하잖아요."

"좋아하지 않는다기보다 부담스러웠던 거지. 인정머리 없는 놈이 가족들까지 불행하게 만들까 봐. 우리 아버지가 딱 그랬거든."

"아버님은 그냥…… 표현을 잘 못 하시는 게 아닐까요?"

"표현도 애정이야. 애정이 있으면 그만큼 더 정성을 쏟아야 하고. 그런데 아버지는 가족들한테 정성을 쏟은 적이 없어. 그저 자기 하고 싶은 대로 편하게 살았지."

"그렇다 하더라도 경호 씨랑 아버님은 달라요."

"같아. 그런 사람 밑에서 자라는 동안 나도 똑같아져 버렸어. 친절은 남아도는 걸 나눠 주면 되는 거지만 책임엔 희생이 따르지. 가족이란 울타리를 만든다는 거, 막말로 귀찮다는 생각밖에 안 들어."

"……."

"이기적이거든. 나란 놈은."

신호가 떨어진 사이, 차를 멈춘 그의 오른쪽 뺨에 그녀의 시선이 닿았다. 아니나 다를까, 그 눈빛이 묘했다.

"왜 그렇게 봐?"

"그렇게 인정 없고 이기적인 사람 아니에요."

"내가? 그럴 리가."

헛웃음을 지으며 웃어넘겼지만 그녀의 시선은 거둬지지 않았다.

"잘못 본 거야. 나한테 너무 많은 걸 기대하지 마."

기대에 못 미칠까 봐, 그럼 실망할까 봐 한 말이었다.

하지만 세영의 가슴은 철렁했다. 제 맘을 꿰뚫어 본 것일까. 그래서 더 다가오지 말라는 걸까.

그가 원하는 건 3년간 결혼 생활을 즐기는 것. 책임질 것도 없고 부담스러울 것도 없는 그런 관계.

'그래. 그것도 나쁘지 않아.'

씁쓸해진 세영은 그에게서 시선을 거두며 애써 밝게 말했다.

"기대 안 해요. 그냥 지금도 충분하다는 뜻이에요."

경호는 그 말을 또 칭찬으로 받아들이고는 쑥스러워했다.

"그럼 다행이네."

오늘은 시어머니를 만나기로 한 날이었다. 무슨 일인지, 먼저 만나자고 연락이 왔는데 경호도 선뜻 다녀오라고 했다.

외출 준비를 하던 세영은 문득 저만치 놓인 선물 꾸러미들을 바라봤다.

정태에게 밀린 경호가 영은의 관심을 끌어 보겠다며 바리바리 사 들고 온 선물들이었다.

퇴원하고 온 날, 신중한 태도로 눈높이를 맞추며 영은의 이야기를 들어 주는 경호의 모습은 안타까울 정도였다.

그리고 이후, 그는 뭔가를 하나하나 사서 모으기 시작했다. 처음 사 온 건 영은이 들고 있었던 엘사 인형과 똑같은 디자인의 드레스. 대체 어디서 구한 건지, 어른 옷보다 더 좋은 소재와 장식으로 번쩍번쩍한 드레스를 보며 절로 입이 떡 벌어졌었다.

어느 날은 유아용 책과 교재를 잔뜩 짊어지고 왔다. 한글 쓰기 교본부터 동화책, 심지어 영어 교재까지 자랑스럽게 늘어놓고 자신의 안목이 훌륭하다고 여겼다.

"지금 이걸 영은이가 좋아할 거라고 생각하세요?"

기함을 하며 묻자 경호는 도리어 의아하단 표정을 지어 보였다.

"왜? 한창 호기심 많을 때 아니야? 배움의 즐거움을 알 나이지."

세상의 모든 아이들이 저 같은 줄 아는 보기 드문 유형의 바보였다.

"풋……! 아하하핫……. 우리 아드님이 그런 일을 해? 푸흡……."

눈앞에서 미모의 귀부인이 웃음을 터뜨렸다. 시어머니의 시원시원한 웃음소리에 세영은 고개를 절레절레 저으면서도 따라 웃을 수밖에 없었다.

함께 점심을 먹고, 시내의 백화점을 둘러본 뒤 잠시 쉴 겸 라운지 카페에 앉아 커피를 마시던 참이었다.

"아…… 너무 웃긴다, 정말."

얼마나 웃었는지 눈물까지 찔끔한 시어머니가 티슈를 뽑아 눈가를 꾹꾹 누르며 입을 열었다.

"그러고 보니 학창 시절에도 순전 책만 보던 아드님이라

서. 용돈을 줘도, 어떤 선물을 가지고 싶냐 물어도 항상 책뿐
이었어. 외국어도 다 혼자 배웠어. 원서가 읽고 싶어서 빨리
배워야겠다고."

"그래도 그렇지, 어떻게 자기 기준으로만 생각할 수가 있
는지…… 진짜 애가 호감을 가지다가도 도망치게 생겼다니
까요."

"아주 어릴 때부터 책을 끼고 살아서 눈 나빠질까 봐 걱정
을 많이 했다고 그이가 그러더라고. 30분만 집중해서 보도록
했는데, 휴식 시간을 갖도록 하는 게 힘드셨대."

의구심 가득한 그녀의 표정에 시어머니는 무슨 뜻인지 안
다는 듯이 고개를 끄덕이며 미소를 떠올렸다.

"표현을 못 해서 그렇지, 그래도 아드님을 많이 생각하셨
어. 다 나 때문에 이렇게 된 거지."

시어머니는 씁쓸하게 입꼬리를 올렸다.

"유부남인 걸 알면서도 바라보긴 했지만, 추호도 부끄러운
짓은 한 적 없었어. 그리고 그이가 나한테 결혼 이야기를 했
을 때도, 자기 아들을 잘 키워 줄 수 있는지를 먼저 물으셨거
든. 난 그걸 알면서도 허락했고. 그러다 아이를 가졌었는데,
마음고생을 했는지 금방 곁을 떠나 버리더라고. 그 얘기가
와전돼서 나쁜 소문이 퍼졌지만, 할 수 없다고 생각했어."

생각지도 못한 이야기였다.

"……힘드셨겠어요."

"가끔 내가 왜 이런 선택을 했나, 싶을 때도 있지만. 다 살아지더라고. 사람이 참 미련해. 평소엔 그렇게 차갑다가도 눈 한 번 마주쳐 주고 잘해 주면 마음이 사르륵 녹아 버리는 게. 미련해도 어떡해. 내가 그렇게 좋아했고, 더 잘살고 싶어지는 걸. 여자 맘이 그렇더라고."

"……."

"어쨌거나, 그것도 다 지난 일이고……. 이젠 다 괜찮아. 세영이 들어오고 나서 알게 모르게 좀 분위기가 바뀌었어."

"제가 뭘요. 자주 찾아뵙지도 못하는데."

"아니야. 아버님도 건강해지셨고, 무엇보다 아드님이 아주 달라지셨잖아."

"그럼 '우리 아들이 달라졌어요'에 출연시킬 걸 그랬나 봐요."

"정말. 그래야 했는데."

분위기가 다시 밝아지자 시어머니의 눈치를 살피던 세영이 조심스럽게 여쭈었다.

"어머님, 근데 오늘 쇼핑하자고 저 부르신 건 아니시죠?"

"그게……."

"편하게 말씀하세요."

"어휴. 젊은 사람이라 싫어할까 봐 말하기 좀 그러네. 우리는 옛날 사람이라 어쩔 수 없다고 생각하고 들어 줘."

"뭔데 그러세요?"

"지난번에 할아버님 말씀 기억하지?"

"아…… 그, 증손자……."

"응. 실은 은근히 그이도 바라는지, 나더러 데리고 가서 한약이라도 지어 먹이라고."

"네, 네? 하, 한약이요?"

세영이 놀란 건 다른 이유가 아니었다. 서양 의학의 선두에 계신 분이 한약을 입에 올렸다는 게 놀라울 뿐이었다. 한약을 먹이라고 한 시아버지는 그 뒤로도 한참을 중얼거리며 며느리의 상태를 걱정했다고 한다.

"병원에 한번 데려오라는 걸, 너무 이르고 부담만 준다고 말렸더니, 그럼 한약이라도 해 먹이라시네."

"저 건강해요. 그리고 경호 씨가 안 좋아할 것 같아서……."

"그게 참 이상하지. 안 그래도 내가 아드님한테 먼저 물어봤거든. 아버님 뜻이 그러니까 보약 한 재 먹인다 생각해 달라고. 다른 때 같으면 펄쩍 뛰었을 사람이 안 그러지 뭐야."

"뭐라고 하던가요?"

"먹어서 나쁠 거 없으니까 잘 부탁한다고 그러더라."

"!"

"혹시, 경호도 아이가 갖고 싶은 거 아닐까? 나이도 있고 그러니까 서두르려는 걸까?"

"글쎄요……."

"아무튼 다행이야. 이제 세영이 결정만 남았네. 괜찮지? 아이를 갖기 싫거나 그런 건 아니지?"

"아뇨. 그런 건……."

"그래. 요즘 사람들 피임하고 그러던데, 난 좀 별로야. 아이가 있어야 가정이 더 화목하거든."

피임!

세영은 그 단어를 듣고 머릿속을 스치는 생각에 화들짝 놀랐다.

'그러고 보니 피임을 안 했잖아?'

아이를 질색하는 사람이 저와 관계할 때 피임할 생각을 안 했다는 게, 그렇게 철두철미한 사람이 그랬다는 게 이상했다. 더불어, 안일하게 그를 받아들였던 자신도.

'미쳤지. 원치 않는 아이를 가질 뻔했잖아. 아무리 순간적으로 홀렸다고 해도 나 좀 봐. 요즘 제정신이 아닌 것 같아.'

어쩌면 마음 한구석으로 그의 아이를 낳고 싶다는 생각을 했는지도 모른다.

'그나저나 그 사람은 도대체 무슨 생각인 거야? 기대하지 말라면서 왜 행동은 다른 거냐고.'

보약을 짓고 터덜터덜 돌아오던 세영은 현관문 앞에 기대서 있는 남자를 보고 깜짝 놀랐다.

"이정태! 너 여긴 웬일이야?"

"어디 갔다 와?"

"나, 난 약 지으러……."

"무슨 약?"

무엇 때문인지는 알 수 없었지만 그는 화가 많이 나 있는 얼굴이었다.

"왜 그래? 무슨 일 있어?"

"너 말이야. 알고 있었어?"

"뭐가?"

"그 새끼가 너 속이고 결혼한 거."

다짜고짜 찾아와서 갑자기 가슴 뜨끔한 소리를 하자 어안이 벙벙했다.

"그, 그게 무슨……."

"몰랐지? 몰랐을 거야. 그런 개새끼한테 내가 널……!"

"아니, 잠깐만. 너 지금 무슨 소릴 하는 건데!"

세영은 얼른 정태의 말을 끊으며 소리 질렀다. 뭔가 단단히 화가 난 상태인 정태를 보니 덜컥 겁이 났다.

설마, 계약 결혼이란 걸 알게 된 걸까?

하지만 어디서?

불안감으로 등골에 식은땀이 흐르는데 씩씩거리던 정태가
말했다.

"한경호 그 새끼, 이혼할 여자 찾으려고 결혼한 거라고!"

"뭐?"

"너 속은 거야! 그놈은 너랑 결혼 생활을 유지할 생각이
없어! 그 잘난 집구석 유산 받을 생각으로 널 속여서 결혼한
거야. 유산 받고 나면 미련 없이 버릴 생각이란 말이야!"

"아니, 잠깐만. 이정태, 내 말 좀 들어 봐……."

"너야말로 내 말 잘 들어! 내가 어디서 헛소문 듣고 와서
이러는 줄 알아? 그놈이랑 선본 여자한테 들은 얘기야!"

"뭐……?"

"그 인간, 여자 우습게 아는 걸로 유명하다고. 너한테 뭐라
고 하면서 결혼해 달라고 했어? 둘이 사귄 게 맞긴 해? 사귀
고 있었는데 그놈이 선은 왜 보러 다녀? 다른 여자들하고 선
본 지 두 달 만에 너랑 결혼했어. 이상하지 않아?"

뭔가 말을 해야 하는데 도무지 어디서부터 어떻게 이야기
를 꺼내야 할지 알 수가 없었다. 정태 말이 다 맞고, 그런데
도 응한 쓰레기 같은 여자가 바로 자신이니까.

"왜 아무 말 안 해? 그 여자랑 삼자대면시켜 줄 수도 있어!
지난번에 도자기 일로 의뢰한 여자 기억하지? 그 여자한테
너 뺨 맞은 거 따지러 갔다가 들은 얘기야."

"그 여자가 선본 여자야?"

"아니. 그 여자가 모임에 초대를 해 줬어. 미안해서 인맥이라도 만들어 주려고 한 거지. 거기서 들었어. 이미 소문 다 났더라. 시댁에서는 너한테 손자까지 바라는데, 절대 그럴 일 없을 거라고 신이 나서 떠들더라고. 신데렐라 꿈꾸다가 불쌍한 꼴 됐다고 다들 널 얼마나 비웃고 있는 줄 알아!"

큰일이었다. 소문이 그렇게까지 났으면 어른들 귀에도 곧 들어가고 말 것이다.

'어떡하지. 경호 씨한테 빨리 말해 줘야겠다.'

정태는 아무런 반응도 보이고 있지 않은 세영이 너무 충격을 받아서 하얗게 질려 버린 거라고 생각했다.

"세영아!"

그가 덥석 그녀의 손목을 붙잡고 제 앞으로 당겼다.

세영은 정태에게서 물씬 술 냄새가 풍기자 저도 모르게 슬쩍 그의 가슴을 밀쳤다.

"집에 가자. 너 이런 결혼 유지할 필요 없어. 사기야. 무효라고!"

"잠깐, 좀 진정해 봐. 이런다고 해결될 일이……!"

"너 겨우 이렇게 살라고 보내 준 거 아니라고!"

"보내 주긴 누가 보내 줍니까?"

갑자기 남자의 목소리가 끼어들었다. 흠칫한 두 사람이 고개를 돌리자, 호주머니에 손을 찔러 넣은 경호가 저만치에서 살벌한 기운을 풍기며 다가오고 있었다.

"그 손 놓으시죠."

"내가 왜 당신 말을 들어야 하는데."

"야, 이정태!"

"넌 가만있어. 나 이 새끼랑 할 말 있으니까."

"이거 놓고 이야기해. 놓고……!"

"싫어하는 거 안 보입니까? 놔 달라는데 놓지 그래요."

경호의 목소리가 섬뜩할 정도로 낮게 으르렁거렸지만 술에 취한 정태는 느끼지 못하는 것 같았다.

"당신은 그런 말 할 자격 없어! 당신이야말로 당장 우리 세영이 놔줘!"

"우리? 하! 언제부터 두 사람이 '우리'라는 말로 묶이는 사이였지? 난 몰랐는데."

정태가 아닌 세영을 향한 질문이었다.

"취해서 그래요. 돌려보낼 테니까 신경 쓰지 마세요."

"안 취했어! 너 뭐야! 너 왜 이 새끼한테 쩔쩔매! 너한테 빌어야 하는 건 저 새끼라고!"

"하아……. 정태야. 내일 얘기하자. 너 제정신일 때."

"지금도 제정신이야! 이봐요! 순진한 여자 꼬드겨서 인생 망쳐 놓고, 참 당당합니다? 우리 세영이가 당신한테 그런 취급 받을 여자인 줄 압니까?"

"정태야!"

뿌리치려 해도 정태는 좀처럼 손을 놓지 않았다. 점점 더 날이 서는 경호의 눈매를 발견한 세영은 심장까지 얼어붙는 느낌에 전율했다. 아무래도 느낌이 좋지 않았다.

"정태야, 내 말 들어 봐. 그건 오해야. 오해니까……!"

"오해? 정말 두 사람이 사랑이라도 한다는 거야? 말해 봐. 우세영. 너 저 남자 사랑해?"

이어지는 질문에 말문이 막혔다.

"3개월 전까지 맞선이나 보고 다니던 남자를 언제 만나서 어떻게 사랑했는데? 아니, 그랬다 쳐! 오래 만났다는 거짓말은 왜 한 건데!"

정태는 좀 더 날을 세워 그녀의 가슴을 찢어 놓았다.

그의 말대로 이 짧은 시간, 그와 자신은 정말 사랑에 빠졌던 걸까.

당황한 채 입을 열지 못하는 세영의 귓가로 묵직한 목소리가 이어졌다.

"사랑? 하! 뭔가 착각하는 모양인데, 당신이 지금 하는 짓도 사랑은 아니야."

"뭐?"

"정의로운 일을 하고 있다고 생각하지? 내가 사랑하는 여자를 사기꾼 같은 놈한테서 구해 내야 한다고. 근데 이걸 어쩌지? 사기 결혼이라는 건 결혼으로 인해 금전적인 손해를 입었을 때나 해당돼. 즉, 내가 하는 게 사랑이 아니라 해도 사기는 아니야. 하지만 그쪽이 지금 하는 짓은 사랑도 아닐 뿐더러 스토킹이라고 부르지."

"뭐, 뭐?"

정태는 경호의 논리 정연한 말에 충격을 받았는지 굳어 버리고 말았다. 그사이, 가까이 다가온 경호가 정태의 손에서 세영의 손을 빼냈다.

"다시 말하지. 우세영은 법적으로 내 아내야. 당신은 내 아내의 옛 애인도 아닌, 그저 친구, 직장 상사일 뿐이지. 그리고 지금은 술에 취한 스토커고."

"경호 씨…… 그만!"

심한 말로 정태에게 상처를 주는 것 같아 세영의 속이 타들어 갔다.

"한경호의 아내, 우세영을 당신이 무슨 권리로 데려가겠다는 건지 이해할 수가 없군. 경찰 부르기 전에 꺼져 줬으면 하는데."

"이, 이 나쁜 새끼!"

아니나 다를까, 흥분한 정태가 괴성을 지르며 달려들었다. 세영은 경호의 손을 놓아 버리고 정태에게 달려가 그를 붙잡았다.

"야! 이정태! 너 미쳤어? 지금 뭐하는 짓이야?"

"그래, 미쳤다! 그런 얘기를 듣고 안 미치겠어? 훨씬 전부터, 저 나쁜 새끼보다 훨씬 전부터 널 사랑했는데……! 저런 사기꾼 새끼한테……!"

"그만하라고!"

세영은 버럭 소리를 질러 정태의 말을 막아 버렸다. 쩌렁쩌렁 울리는 세영의 목소리에 그제야 정태는 수그러드는 것 같았다.

"세영아……."

"내 이름 부르지도 마."

"……."

"지금 제정신이야? 그게 할 말이야? 네가 지금 무슨 짓을 하고 있는지 알기나 해?"

"나는…… 나는 너도 알아야 한다고……. 알려 주고 싶었어."

"돌아가. 꼴도 보기 싫어. 넌 친구도 아니야."

"우세영……!"

"지금까지 네가 잘해 준 거 알아. 하지만 네가 그런 마음으로 날 생각하는 이상, 난 너 못 봐. 그러니까 그만 돌아가."

한동안 세영을 멍하니 바라보던 정태는 비척거리며 자리를 떠났다.

세영은 울고 싶었다. 살갑게 대하진 않았어도, 정태를 향한 고마운 마음은 그대론데. 고작 3년 같이 살 남자 때문에 우정을 버린 거나 마찬가지였다.

"저 친구가 어떤 마음인지 몰랐어?"

"……"

정말 몰랐을까.

유독 제게 친절했던 정태를 떠올렸다. 매번 두 사람의 관계를 의심하며 놀려 대던 주변 사람들. 그때마다 웃어넘겼지만, 정말로 그럴 리 없다고 생각했었을까.

어쩌면 그 친절에 기대 응석만 부렸던 게 아닐까.

"왜 울어?"

글썽거리던 눈물이 떨어진 모양이었다.

"울 정도로 저놈이 떠난 게 아까워?"

"저는……."

입을 열려던 세영은 문득 멈칫했다.

"그 인간, 여자 우습게 아는 걸로 유명하다고. 그놈은 너랑 결혼 생활을 유지할 생각이 없어! 그 잘난 집구석 유산 받을 생각으로 널 속여서 결혼한 거야. 유산 받고 나면 미련 없이 버릴 생각이란 말이야!"

가슴이 찢어질 듯 아팠다. 언제부터 이렇게까지 이 사람을 마음에 두었을까.

"저는…… 집에 가 있는 게 좋겠어요."

"여기가 집이잖아."

"아뇨. 여긴 경호 씨 집이죠. 당분간 우리 집에 가 있을게요."

"우리 집? 그 '우리'라는 게 도대체 뭐야? 무슨 기준으로 정하는 거야!"

"정말 몰라요?"

"몰라!"

"우리가 되려면, 진짜 내 사람이어야 해요. 진짜 내 편. 내 사람. 아무 조건 없이 그냥 내 사람. 당신이 생각하는 '우리'는 계약으로 맺은 관계겠지만."

"……"

"미안해요. 잠깐 생각 좀 정리하고 올게요. 그동안 당신도 생각해 보세요. 소문이 여기저기 다 퍼졌다는데 계약 파기하고 정리를 할지, 아니면 다른 수습할 방법이 있는지. 생각해 보고 연락 주세요. 그럼."

세영은 뒤도 돌아보지 않고 그의 곁을 지나쳐 갔다.

경호는 세영의 모습이 완전히 사라지고 나서야 주먹을 불끈 쥐며 아무 말도 하지 못한 자신을 자책했다. 억지로라도,

힘으로라도 붙잡았어야 했을까. 하지만 정태를 떠나보내며 흘렸던 세영의 눈물이 결혼에 대한 후회인 것 같아서 차마 붙잡을 용기가 나지 않았다.

❧　　　❧　　　❧

며칠간 경호는 머리가 지끈거렸다. 세영이 떠난 후 모든 게 엉망으로 헝클어진 기분이었다. 여기저기서 걸려 오는 쓸데없는 전화만으로도 휴대폰을 던져 버리고 싶었다.

정말 계약 결혼인가, 3년 후 이혼한다는 게 사실인가, 어떻게 구한 여자인가 등등. 집에서 알게 되기까지 시간이 얼마 남지 않았다.

물론 선봤던 여자를 찾아가서 따질 수도 있고, 당신과 결혼하고 싶지 않아서 꾸며 낸 짓이었다고 말할 수도 있었다. 하지만 그러기 전에 한 가지 각오해야 할 일이 있었다.

'결혼. 진짜 결혼을 해야 해.'

세영을 설득해야 했다. 하지만 정태를 안타깝게 바라보던 그녀의 슬픈 얼굴이 자꾸만 그를 자신 없게 만들고 있었다. 세영의 인생을 망쳐 버렸다는 정태의 독설과 함께.

정말 그런 걸까. 그녀가 저를 받아들였다고 생각했다. 확실하게 말한 적은 없지만 그녀와 함께라면 천천히 앞으로도 잘해 나갈 수 있을 것 같았다.

"기대 안 해요. 그냥 지금도 충분하다는 뜻이에요."

저를 이해해 주는 마음 넓은 여자니까. 제게 호감이 있다
고 확신했었다.

'잠깐!'

뭔가 꺼림칙한 생각이 들었다. 그날 차 안에서 나눈 대화
가 조금 걸렸다. 뭐라고 했더라?

"나한테 너무 많은 걸 기대하지 마."

"기대 안 해요."

경호는 머리를 감싸 쥐고 괴로워했다. 이제 와 떠올리니
불륜남이 내연녀에게 하는 쓰레기 같은 대사였다. 세영이 그
말을 그렇게 받아들였을 게 분명하다는 생각이 들었다.

"당신이 생각하는 '우리'는 계약으로 맺은 관계겠죠. 계약 파
기하고 정리를 할지, 아니면 다른 수습할 방법이 있는지 생각해
보고 연락 주세요. 그럼."

확실했다. 그녀는 언제든지 고객의 뜻에 따라 헤어질 각오를 하고 있던 것이다.

이제야 그걸 깨달았다. 어떻게 해야 할지, 다짜고짜 찾아가서 뭐라고 말해야 할지, 하나도 정리되지 않았다.

그러나 경호는 근무 중이라는 것도 잊고 벌떡 일어났다. 무슨 일이든 계획하지 않고 행동했던 적은 없었는데, 처음으로 마음이 시키는 대로 충동적으로 움직이고 있었다.

"팀장님!"

하지만 나가려는 그를 직원이 붙잡았다.

"아, 나 좀 바쁜 일이 생겨서……."

"아뇨. 그게 아니라, 댁에서 전화가 왔어요."

"나중에."

"아니, 그게 그냥 전해 달라고만 하셔서요."

"네?"

"사모님이 전화가 안 된다고요. 오늘 약이 집으로 갈 건데 실수로 병원장님 약이랑 바뀌었다고 드시지 말라고 하시네요."

아무 계획이 없던 경호의 머릿속에 아주 좋은 생각이 떠올랐다.

한여름 찜통더위 속에서 세영이 살고 있는 빌라는 그야말로 한증막이었다. 혼자 집에서 에어컨을 돌리기가 아까워 세영은 민소매 한 장과 짧은 반바지를 입은 채 찬물에 발을 담그고 선풍기 앞에 앉아 있었다.

더워서인지, 경호 때문인지 입맛도 없어서 폐인처럼 너부러져 며칠간 집을 나서지도 않았다.

'하아……. 이혼하면 삼촌이 뭐라고 할까. 정태가 다 말해 버리면 어쩌지.'

아직은 정태가 입을 다물고 있고, 시댁에서도 모르는 것 같았지만 언제 터질지 몰라 불안하기 짝이 없었다. 지금도 삼촌이 왜 이러고 있냐며 집으로 돌아가라고 성화인데.

한편으로는 그가 원망스러웠다. 이럴 때 나서서 소문일 뿐이다, 진짜 결혼이다, 라고 해 주면 얼마나 좋을까.

물론 그건 그의 인생 전부를 걸 만한 일이라 쉽지 않다는 사실은 알고 있었다. 하지만 머리로는 알고 있어도 서운한 생각이 드는 건 어쩔 수 없었다.

"후……."

삐리리.

한숨 소리에 맞춰 현관 벨이 울렸다. 보나마나 또 종교 권유일 게 뻔했다. 어제만 해도 세 번이나 그런 사람들이 집을 찾아왔었으니까.

똑똑똑.

"계십니까?"

이번엔 좀 집요한 사람이었다. 벨로 안 되니, 문을 두드리고 심지어 부르기까지 했다.

'제발 가라. 좀.'

똑똑똑.

"우세영 씨! 계십니까!"

"!"

종교를 권유하는 사람들이 이름을 알 리가 없었다. 세영은 벌떡 일어나 얇은 카디건 한 장을 걸쳤다.

"누구세요?"

"배달 왔는데요."

"배달요? 시킨 거 없는데……."

"보낸 사람이 한경호 씨인데요."

"네?"

세영은 어리둥절해하면서 문을 열었다. 그랬더니!

"세상에! 이게 다 뭐예요?"

산더미처럼 쌓여 있는 박스 더미를 보고 세영은 입이 떡 벌어졌다.

"책이랑 뭐 이것저것 시키셨더라고요. 안으로 들이면 되죠?"

택배 기사를 돌려보낼 수는 없는 노릇이라 세영은 일단 상자를 전부 안으로 들였다. 좁은 거실이 순식간에 가득 차 버렸다.

"이게 다 뭐야. 도대체……."

더군다나 박스에는 번호가 크게 써 있었다. 궁금함에 박스를 하나하나 열기 시작한 세영은 머릿속이 더욱 혼란스러워지는 것을 느꼈다. 도대체 그의 생각을 읽을 수가 없었다.

번호 순서대로 풀었더니, 1번 박스에서는 영은에게 주겠다고 샀던 영어 교재가 나왔고 2번 박스에서는 영어 동화 전집이 나왔다. 3, 4번 모두 영은에게 주기로 했던 선물이었다.

그런데 5번은 영은이 쓰기에는 시기가 지난 장난감이 들어 있었다. 그런 식으로 내려가다 8번은 아장아장 걸을 만한 아기가 신을 신이 나왔다. 9번은 심지어 배냇저고리였다.

'뭐하자는 거야?'

'10'이라고 적힌 마지막 박스는 그녀를 더 황당하게 만들었다.

'이거…… 그 약이잖아.'

어머님과 같이 갔던 한약방 이름이 찍힌 보약이었다.

"나하고 장난하자는 거야?"

"누가 장난을 해?"

"헉!"

갑자기 들려온 소리에 세영은 가슴이 덜컥 내려앉았다. 뒤를 돌아보니, 현관 앞에 그가 서 있었다. 반가움 때문인지, 놀람 때문인지, 심장이 두근거리는 소리가 귀 바로 옆에서 들리는 것 같았다.

"왜 문도 안 닫고 이러고 있어?"

경호가 뒷짐을 지고 느긋하게 안으로 들어왔다.

"까, 깜짝이야! 닫으려고 했어요! 박스 좀 정리하고…….
근데 이게 다 뭐예요?"

"미리 선물한 거야."

"네?"

"계약 연장하려고."

"이봐요. 한경호 씨!"

"해마다 하나씩 필요할 것 같아서 미리 준비한 거지. 어때?"

"그러니까 지금 계약을 10년으로 연장하자는 말씀이신가요?"

기껏 찾아와서 한다는 소리가 때려 주고 싶을 만큼 성질을 돋우는 소리였다. 차라리 오지 말지. 사람을 더 실망시키고 있다. 헤어질 거면 좋은 기억만 갖고 헤어지는 게 더 나은데.

"날 잘 모르는군. 짧지만 서로에 대해서는 어느 정도 파악하고 있는 줄 알았는데. 겨우 10년 계약 연장하겠다고 이런 귀찮은 짓을 할 것 같아?"

"하고 싶은 말이 뭐예요?"

"박스가 아직 하나 더 와야 해."

"하! 아니. 그래 봐야 11년이잖아요. 누구 놀려요?"

"아니. 진지해."

경호는 품속에서 네모난 상자를 꺼냈다.

"이게 마지막 상자야. 이 상자 하나에는 무려 평생의 가치가 담겨져 있어."

"네?"

"풀어 봐. 풀어 보고 나서 결정해도 돼."

세영은 작은 상자를 보고 떠오르는 게 있었다. 여자라면 누구나 같은 생각을 할 것이다. 저만한 상자에 들어갈 물건이라면 그것만큼 적당한 게 없었다.

평생의 가치.

그만한 가치를 담은 상자가 세영의 손에서 열렸다.

"……."

"너무 뻔해서 재미없나?"

재미를 따질 만한 가벼운 것이 아니었다.

"이거…… 무슨 의미예요?"

"가짜 결혼반지 말고, 내가 고른 진짜 결혼반지야."

여태껏 들어 본 그의 목소리 중에 가장 부드러운 음성일 것이다.

"내가 잘못 생각했어."

"……."

"가짜 결혼 같은 건 하는 게 아니었어. 바보 같은 짓이었지."

"진짜 결혼이란 걸 하지 않으면 들킬 것 같으니까 이러는 거라면……."

"그건 상관없어."

"어떻게 상관없어요! 다들 날 뭐라고 생각하겠어요! 돈에 미친 한심한 여자라고 할 게 뻔한데! 우리 삼촌은요? 당신이 괜찮다고 나도 괜찮은 줄 알아요!"

"아니, 아무도 그렇게 생각 못 해. 우세영 씨, 당신만 좋으면 난 이 바보 같은 짓을 바로 잡고 싶어. 만약 내가 싫고 내 진심을 모르겠으면 지금 당장 계약을 파기해도 좋아. 사람들한테 욕먹지 않도록 내가 수습할 수 있어. 그러니까 하고 싶은 대로 해. 그렇지만 내 얘기는 듣고 결정해 줘."

세영은 심호흡을 하고 목을 가다듬는 그의 모습을 멍하니 지켜보았다.

무슨 어려운 말을 하려고 저러는지 감을 잡을 수가 없었다.

"우세영의 '우리' 라는 울타리에 내가 들어가고 싶어. 내가 만든 가짜 울타리에 당신을 끌어들인 건 내가 한 짓 중에 가장 멍청한 짓이고, 또 가장 잘한 짓이라는 걸 알았거든. 이렇게라도 당신을 만나지 않았다면 나는 우세영의 '우리'에 들어갈 기회조차 만들지 못했을 테니까. 진심이야. 우리 집. 우리 가족. 나도 끼워 줘. 거기에."

"……."

입이 절로 벌어지며 어떤 말을 해야 할지 알 수가 없어 혼이 나갈 지경이었다. 심장이 간지럽고 뭉클했다. 가슴은 이렇게 반응하는데, 머리가 이해하지 못하고 있었다.

왜? 왜 갑자기 이 사람이 이렇게 달라진 걸까. 뭐하러 하필 나 같은 것과 우리가 되려고 할까.

"살면서 이렇게 비굴해 본 적은 처음이야. 엄청 부끄러운데, 대답 빨리 해 주면 안 될까?"

"그러니까 왜, 왜…… 이렇게까지 하는 건데요?"

"아, 기어이 그 말을 듣고 싶으시다?"

"들어야겠어요. 당신 정도면 나 같은 여자가 아니어도 결혼하겠다는 여자들이 줄을 설 거예요. 굳이 이럴 필요 없잖아요."

"나는 지금까지 여자를 만나 오면서 단 한 번도 그 여자가 내 여자가 될 수 있을 것 같다는 생각을 해 본 적이 없었어. 여자는 그냥 여자일 뿐이었고 다 비슷비슷하게 생긴 마네킹 같은 이미지였지. 그런데, 당신을 봤어. 그땐 몰랐는데 아주 강렬한 인상이었지. 처음으로 관심이 가는 여자가 생긴 거야."

"누구나 그런 상황을 보면 강렬하게 기억에 남을 거예요."

"아니. 그때 나한테 나쁜 년은 우세영 씨가 아니라 당신에게 물을 끼얹은 상대 여자였거든."

"……억지예요."

"그리고 당신, 매력 있잖아. 우리 아버지한테 인정받을 정도로."

"무슨 매력이 있는지 모르겠어요."

"한경호를 꼼짝 못하게 만드는 매력. 나를 이렇게 길들여 버린 여자. 결혼이 이렇게 좋은 줄 몰랐다고 생각하게 만들어 버렸잖아."

"기대하지 말라면서요. 그래서 안 했는데, 갑자기 왜 이래요?"

"그런 뜻이 아니었어. 내가 기대하지 말라는 건, 나란 놈의 인격에 실망하지 말라는 뜻이었어. 나한테 지금 제일 무서운 건, 우리의 가짜 결혼이 들키는 것 따위가 아니라, 우세영 씨가 나를 버릴까 봐. 다시 그 집에 나 혼자 살게 될까 봐. 그게 무서워."

"……."

"이래도 안 되겠어? 내가 싫은 거야, 아니면 날 못 믿겠는 거야?"

빤히 경호를 바라보던 세영은 아무 말 없이 천천히 그에게 작은 상자를 돌려주었다.

"!"

진심을 전했는데도 통하지 않았다. 경호는 절망적인 심정을 느껴야만 했다. 하지만 더는 그녀를 설득할 말이 없었다. 머뭇거리며 그녀가 내민 상자를 다시 받아 올 수밖에.

상자를 손에 든 그는 그녀를 똑바로 보지 못하고 상자만 만지작거렸다. 처음으로 정성껏 준비한 다이아 반지. 작별 인사를 해야 하는 걸까. 어떻게 말해야 멋이라도 있을까. 짧은 순간 그런 고민이나 하고 있는 자신이 우스웠다. 그런데.

"그걸 날 주면 어쩌자는 거예요."

그녀가 먼저 말을 건넸다.

"그럼 누굴 줘야 할까. 널 주려고 준비한 건……!"

헛웃음을 지으며 애써 아무렇지 않은 척하는 경호의 눈앞에 그녀의 뽀얀 손이 내밀어졌다.

"누가 프러포즈를 그렇게 멋없이 하냐고요. 끼워 줘야죠."

세영이 싱긋 웃어 보였다.

그 모습이 너무 사랑스러워 경호는 말없이 세영의 팔을 당겨 부드럽게 껴안았다. 그녀의 등을 쓰다듬고 그녀의 가슴에서 울리는 심장 고동을 느끼며 그녀의 머리카락에 코를 파묻고 그녀의 향기를 맡았다.

경호의 어깨에 기댄 세영이 한참 만에 장난스럽게 물었다.

"반지는요?"

"그깟 반지야 얼마든지 끼워 줄게."

"평생의 가치가 있는 반지라면서요. 근데 그깟 반지예요?"

"평생의 가치를 이미 얻었으니까."

그렇게 그들은 긴 시간 동안 서로를 놔주지 않고 힘 있게 보듬었다.

　

"아……. 아아!"

그녀의 입에서 비명 같은 신음이 새어 나왔다. 베개를 틀어쥔 그녀의 손가락에서 반지가 반짝, 투명한 빛을 냈다. 한창 쾌락의 열기에 휩싸인 남녀는 정신없이 서로를 끌어안고 부딪치며 뒤엉킨 채였다. 벌어진 다리를 밀어붙이며 격렬히 자신을 파묻던 경호는 그녀가 더 견디지 못하고 몸을 젖히며 소리를 지르고서야 속도를 늦췄다.

"하아…… 아파요."

"남편을 이렇게 달아오르게 했으니 자업자득이지."

"흑!"

크게 허리를 돌리며 치받은 순간 다시 그녀의 몸이 크게 전율했다. 그의 움직임 하나에도 크게 반응하는 그녀의 상태가 만족스러웠다. 그대로 몸을 일으킨 경호는 쾌감으로 지친 여체를 안아 일으켰다. 순간 맞물린 곳이 꾹 조여 오는 느낌에 두 사람의 입에서 동시에 신음이 새어 나왔다.

"으으, 왜, 왜요?"

여유롭게 자리를 잡고서야 세영은 간신히 입을 열었다. 그의 허벅지에 걸터앉은 상태가 되어 조금 내려다보는 상황이 이상하게 낯설었다. 좀 더 깊은 곳까지 그가 스며드는 기분이었다. 땀에 젖은 남자의 이마로 시선을 고정하다 손을 뻗어 그 얼굴을 더듬거렸다.

나쁜 남자라고 생각했었다.

이기적이고, 냉정해 상처만 받게 될 거라 생각했었다.

단정한 이마와 가지런하고 짙은 눈썹. 깊고 그윽한 눈매. 그리고 매끈하게 뻗은 콧날과 열기로 붉게 물든 입술을 천천히 손가락을 옮기며 바라봤다.

가장 깊은 곳까지 도달했으면서도 한 번도 내 것이라고는 생각해 본 적 없는 남자를.

"왜 그런 눈으로 봐?"

"그런 눈이 어떤 눈인데요?"

그 순간 그의 입가로 짓궂은 웃음기가 떠올랐다. 동시에 그가 가볍게 하체를 튕겨 올렸다.

"갈증 나서 안달 난 눈."

"읏!"

그 움직임에 들썩이던 그녀가 황급히 그의 목을 껴안았다. 그가 움직일 때마다 페니스가 뚫고 올라오는 느낌이 지나치게 또렷했다. 덩달아 온몸을 관통하는 쾌감. 헐떡이는 자신의 얼굴이 얼마나 보기 흉할까. 입술이 벌어지고 취한 것처럼 몽롱한 눈으로 들떠 있을 게 뻔했다.

"고개 들어. 얼굴 보고 싶어."

"경호 씨, 제발……!"

"날 보고. 그대로 허리 돌려 봐."

"하, 하지 마세…… 아읏!"

"움직여."

단단한 손이 그녀의 허리를 붙잡아 돌리기 시작했다. 세영은 비명을 지르며 그의 어깨를 움켜쥐었다. 아까와는 다른 곳에서 느껴지는 짜릿함에 절로 몸이 젖혀졌다. 깊숙한 곳을 진하게 문질러 대는 감각에 까무러칠 지경이었다. 어느 순간부터 제가 허리를 돌리고 움직이기 시작했는지조차 알 수가 없었다.

"더. 조금만 더 빨리 박아 봐."

"아…… 하읏!"

"아, 우세영!"

흥분에 찬 부름이 그의 입에서 튀어 나간 순간, 그녀의 안이 바짝 수축했다. 경호는 저도 모르게 튀어나온 신음을 숨기듯 출렁이는 그녀의 젖가슴에 얼굴을 묻었다. 아무리 파고들어도 채워지지 않는 갈증으로 온몸이 타들어 가는 것만 같았다.

살아 있음이 분명한 감촉. 쫀득쫀득 꿈틀거리는 감촉이 제것을 쭉 빨아들이며 훑을 때마다 머릿속이 하얗게 바랠 지경이었다. 그녀에게 맞춰 허리를 쳐올리는 그의 움직임이 다급해졌다.

"하악!"

"아, 아아앗!"

곧 숨이 넘어갈 것처럼 울부짖는 목소리가 이렇게나 자극적일 줄이야.

거리낌 없이 쾌감을 표현하게 된 세영은 매력적이었다. 부드러운 살갗에 실컷 입술을 비비다 단단히 선 유두를 한껏 베어 물고 빨아들이던 경호는 그녀의 머리채를 휘어잡았다. 짧은 비명과 함께 고개를 젖힌 그녀의 기다란 목을 보자 뜻모를 식욕이 솟구쳤다.

"훗! 아, 아파요!"

미인들의 목덜미를 물어뜯었다는 뱀파이어가 이런 기분이

었을까. 새하얀 목에 선명히 새겨진 잇자국을 바라보던 그가 만족한 듯 길게 혀를 내밀어 핥아 냈다.

"뭐하는 거예요."

정말 아팠던 건지 그녀가 그의 어깨를 툭툭 두드려 댔다. 그 순간, 그대로 뒷머리를 당긴 그가 그녀의 입술을 물어뜯었다.

열린 입술 사이로 곧장 파고든 혀가 난폭하게 그녀의 혀를 잡아챘다. 흐느낌 같은 신음이 계속되었다. 흐르는 땀이 천천히 그녀의 가슴골을 흘러 내려갔다.

그런 모습도 마냥 사랑스러우니 어쩌면 좋은가. 웃음을 터뜨린 경호가 붉게 물기 맺힌 눈가를 핥으며 몸을 기울였다.

다시 침대에 눕게 된 그녀의 머리카락이 시트 위로 어지럽게 흩어졌다.

동그란 가슴을 주무르며 붉게 새겨진 그의 흔적에 입을 맞췄다.

비로소 온전히 제 여자가 된 그녀에게 남김없이 퍼붓는 소유욕의 증거.

"미안. 왠지 자제가 안 되는 것 같아."

"그게 뭐예요."

"네 남편이 아직은 생생하다는 이야기."

"아……!"

그녀의 두 다리를 잡아 올린 그가 덮치듯 내리눌렀다. 거센 침입으로 인한 강한 자극에 세영은 어쩔 줄 몰라 하며 눈을 질끈 감아 버렸다. 어느새 깨문 입술을 눌러 빼낸 그가 가볍게 키스하며 허리를 움직였다.

찔러 오는 순간 아랫배 속을 꽉 채운 기묘한 감각이 등골을 타고 번져 갔다. 세영은 아무것도 할 수가 없었다. 그저 그 짜릿함에 떨며 신음할 뿐.

"눈 떠야지."

강하게 진퇴를 반복하던 그가 움직임을 늦추더니 몸을 숙이며 속삭였다. 멍한 눈을 간신히 뜨고 그의 얼굴을 바라봤다. 그제야 만족했는지 그가 밀어붙이듯 박아 왔다.

수없이 관통하듯 찔러 오는 느낌에 그녀는 비명을 지르며 고개를 저어 댔다.

막바지에 달한 그의 움직임은 무시무시했다. 더 이상 못 견디겠는지 그녀가 울먹이며 그의 가슴팍을 밀어 댔지만 경호는 더 격렬하게 안을 파고들었다.

살갗끼리 마주 부딪치는 소리가 적나라했다. 젖은 곳을 파고드는 소음이 더 강해졌다. 뜨거운 숨이 쏟아지고 그녀의 가냘픈 비명 사이로 참다 못한 그의 낮은 신음성이 섞여 들었다.

더한 쾌감을 파내듯 하염없이 찔러 오는 페니스.

오로지 쾌감으로 가득한 그녀의 안이 그것을 꽉 물고 빨아들이는 것 같았다.

"아, 아아앗!"

"훗!"

그녀의 몸이 크게 전율했다. 동시에 두어 번 왕복하던 그가 잘게 몸을 떨었다. 뜨겁게 터져 나온 것이 그녀의 안을 채웠다.

나른한 신음과 함께 파정을 마친 그가 천천히 그녀의 몸을 끌어안았다.

"하아……. 잘했어."

아까보다 한결 다정해진 말투로. 그러나 뚜렷한 쾌락이 깃든 음성으로 말하던 그가 느릿하게 그녀의 손을 붙잡아 올렸다.

여전히 빛을 내고 있는 그녀의 반지에 흘깃 시선을 던진 그가 미소를 지으며 손에 입을 맞췄다. 그리고 천천히 깍지를 끼며 그녀의 얼굴을 바라봤다.

"흐트러진 게 더 예쁘네, 우세영."

마치 그녀를 향한 소유욕을 과시하듯.

나른한 웃음과 함께 그녀의 손이 그의 얼굴로 향했다.

"내 남자도 흐트러진 게 더 섹시하네요."

온전히 그의 아내로서 그의 품에 안기고, 그의 숨결을 맡는다.

지금은 이것만으로도 세상 그 누구보다 행복했다.

주말은 내내 비가 왔다.

미처 다 치우지 못한 식탁과 싱크대엔 설거지거리가 가득했고, 거실엔 아직 정리하지 못한 선물이 어지럽게 흩어져 있었다. 거실의 탁자 위에 아직 주인 없는 한 켤레의 아기 신발만이 곱게 놓여 있을 뿐.

방 안의 풍경도 마찬가지였다. 흐트러진 시트와 구겨진 채 처박힌 이불. 그리고 여기저기 널린 옷가지들이 눈에 띄었지만 두 사람은 움직이려 하지 않았다. 오로지 둘만이 존재하는 공간 속에서 두 사람에게만 허락된 시간을 만끽하는 중이었다.

"후우…… 그래도 청소는 좀 해야 할 거 같지 않아요?"

세영은 기운이 다 빠진 손으로 시트 위에 있던 팬티와 셔츠를 집어 들었다. 다른 옷들은 어디로 갔는지 알 수가 없었다. 눈을 뜨자마자 기다렸다는 듯 짐승처럼 달려드는 남자에게 떠밀려 연거푸 두 번의 정사를 치르고 난 다음이었다.

간신히 정신을 차리고 몸을 추스르려는데 그녀의 몸을 당겨 안은 남자가 손에 들린 속옷을 뺏더니 어딘가로 획 던져 버렸다. 그런 경호를 세영이 기막히다는 얼굴로 바라보았다.

"뭐예요, 정말."

"입지 마. 어차피 또 벗을 걸."

"경호 씨!"

"왜, 너도 좋잖아."

"아!"

방금 전까지 그의 남성에 실컷 농탕질을 당한 곳으로 손가락이 쑥 밀려들어 왔다. 지칠 대로 지쳐 있던 몸이 일순 뻣뻣하게 긴장했다.

갑작스러운 침입에도 쾌락의 여운으로 젖은 곳은 부드럽게 그의 손가락을 받아들이며 조이고 있었다. 그런 제 몸의 상태에 황당해진 세영이 허둥지둥 그의 몸을 밀어내려 했지만 경호는 보란 듯 그녀의 몸 위로 제 몸을 겹치곤 짓궂게 웃음을 터뜨렸다.

"봐, 여긴 좋아하는데?"

"그게 아니라고요, 좀!"

새빨갛게 얼굴을 붉히고 소리를 지르자 손가락을 빼낸 그가 그녀의 몸을 꼭 껴안고 다시 웃음을 터뜨렸다.

"하하하! 아니긴! 막상 시작하면 좋다고 덤벼드는 게 누구지?"

"아무리 그래도 그렇지, 좀 쉬어 가면서 해요. 이러다 나 죽겠어요."

"괜찮아. 약 먹고 있잖아."

"그 정도로 해결될 게 아니란 말이에요. 경호 씨 허리도 남아나지 않을 걸요?"

"내 허리는 걱정하지 않아도 돼."

"영은이한테 아저씨 소리 들었으면서."

"이제 형부라고 부르기로 했어."

세영은 눈을 흘기며 그의 손을 뿌리치곤 몸을 일으켰다. 그러나 그 시도는 금세 묵살되었다. 그가 침대를 벗어나려는 그녀를 재빨리 붙잡아 눕혔다.

"아, 진짜 이제 그만해야 한다니까요!"

"누가 또 한대?"

"네?"

싱긋 웃던 경호가 땀으로 젖은 이마에 쪽, 소리를 내며 입을 맞췄다. 그리고 젖은 머리카락을 쓸어 올려 주며 다정하게 말했다.

"힘드니까 그냥 누워 있으라는 뜻이야."

그의 손길에 나른해져 가던 세영이 웅얼거리는 목소리로 말했다.

"안 돼요……. 일이 이렇게 많이 쌓였는데."

"나중에 같이하자."

"네?"

생각지도 못한 말에 감기던 눈이 번쩍 떠졌다.

"설거지도 같이하고, 밥도 같이 먹고. 정리도 하고, 청소도 하고…… 이불도 빨고. 다 같이하자."

"……정말이에요?"

경호는 눈을 깜빡이는 것으로 대답을 대신했다.

"푹 쉬어. 지금은 아무것도 하지 말자."

여전히 창밖에는 비가 쏟아졌지만, 두 사람만의 공간은 포근한 공기가 감돌았다.

나른함을 이기지 못한 눈꺼풀이 천천히 감겼다.

세영은 행복한 미소를 지으며 중얼거렸다.

"아무것도 안 하는데…… 좋다."

"응, 그러네."

에필로그

주방의 용도

「경주 불국사에 가 보고 싶습니다.」

눈을 빛내며 관광 안내 책자를 읽던 크라브첸코가 대뜸 꺼낸 말은 아주 뜬금없는 것이었다.

어제와 오늘, 바쁜 저 대신 붙여 준 직원 한 명과 함께 서울 이곳저곳을 돌아다니고 온 참이었다.

약속대로 한여름인 8월에야 한국에 오게 된 그는 살인적인 더위에도 불구하고 기세 좋게 관광을 즐겨 댔다. 물론, 입국의 목적은 모두 충족한 이후였다.

로네프 오일과의 거래와 더불어 소규모지만 러시아 광구의 지분까지 확보하게 된 CL정유는 앞으로 40년간은 안정적인 원유 공급이 가능하게 되었다. 더불어 로네프 오일과의 협업을 통해 유전 개발 기술까지 습득할 수 있을 것으로 기대를 모으고 있었다.

이런 큰일을 해치우고도 경호는 여전히 바쁜 하루하루를 보내고 있었다. 이 와중에 철썩 들러붙어 러시아로 돌아가려 하지 않는 크라브첸코는 아주 약간, 귀찮아지기 시작한 존재였다.

하지만 호기심과 기대감으로 들뜬 남자의 순수한 바람을 꺾기는 힘들었다.

「휴가를 3일 연장했답니다. 미스터 한의 말대로 한국은 너무 볼거리가 많아요. 도무지 돌아가고 싶은 마음이 없네요.」

아니, 슬슬 꺾을 때가 된 것 같기도 하고.

문득 피식 웃음을 머금은 경호가 고개를 끄덕였다.

「흠, 알겠습니다. 하지만 불국사까지 직원을 동행시키기는 현실적으로 조금 어렵습니다.」

「그렇군요.」

크라브첸코가 슬쩍 풀이 죽으려는 찰나.

「이번엔 저랑 같이 가기로 하죠. 그렇지 않아도 제가 직접 접대를 해 드리겠다고 했는데 마음에 걸리던 참입니다. 저도 내일 휴가를 받도록 하겠습니다.」

「오! 그거야말로 기쁜 소식입니다!」

크라브첸코는 아이처럼 활짝 웃으며 기뻐했다. 사실 크라브첸코를 핑계로 다른 계획을 세웠던 경호는 그가 너무 좋아하자 미안해졌다. 하지만 계획을 바꿀 생각은 없었다.

「그리고 가이드 한 명을 데려가야 할 것 같습니다. 제가 여행은 문외한이라.」

「상관없습니다. 저야 더 좋지요!」

요즘 늘 늦게 집에 들어가곤 했지만 오늘은 특히 더 늦어졌다. 내일 휴가를 위해 미리 처리해 놔야 할 일이 너무 많았기 때문이다.

자정이 넘은 시각에 들어왔는데도 거실이 환했다. 결혼 전에는 늘 어둡던 집이 기다리는 사람이 있다는 것만으로도 너무나 달라져 있었다. 덕분에 발을 딛는 순간 피곤함도 가시는 기분이 들었다.

그런데 집 안이 조용했다.

아무리 늦어도, 먼저 자라고 해도 꼭 기다리고 있다 마중을 나오던 세영이 오늘은 보이지 않았다. 고개를 기웃거리던 경호는 주방 식탁에 엎드려 자고 있는 그녀를 발견했다.

불편한 자세로 잠을 자고 있는 세영이 미안하고 사랑스러워 그녀의 머리카락을 살짝 쓸어 주던 찰나, 그녀 옆에 놓인 대본이 보였다.

오이디푸스.

　요즘 세영은 다시 극단에 들어가고 싶어 오디션을 준비 중
이었다.

　재능 많은 그녀를 계속 집에만 가둬 둘 수는 없기에 허락
은 했지만 불안하기도 했다. 옆에 붙잡아 두지 않으면 어디
론가 날아가 버릴 것처럼.

　도무지 집착이라고는 없는 어린 부인 때문에 늘 손해 보는
기분이었다.

　"으……음. 언제 왔어요?"

　인기척을 느꼈는지 세영이 저린 팔을 풀며 일어났다.

　"지금."

　"몇 시죠?"

　"12시 조금 넘었어."

　"많이 늦었네요. 식사는요?"

　"이 시간까지 밥도 못 먹었을까 봐?"

　"그래도. 여태껏 일하고 왔는데 배고프지 않아요? 뭐 좀
먹을래요?"

　"괜찮아."

　"그럼 보리차 한 잔 드세요."

세영은 아직 잠에서 깨지 않은 얼굴로 벌떡 일어나 부지런히 움직였다.

"괜찮아. 그것보다……."

보리차를 따르려던 세영은 다가오는 그림자를 느끼고 멈칫, 뒤를 돌아보았다.

"안 돼요. 너무 늦었어요."

"나 아직 아무것도 안 했는데?"

"할 거잖아요."

"기대하고 있었던 건 아니고?"

"오늘은 안 돼요."

"그래도 그것 때문에 여기서 나 기다린 거잖아."

"아뇨. 오디션 준비하느라 그런 거예요."

"나도 피곤해서 그냥 자려고 했는데, 네가 너무 예쁘게 자고 있었어."

"그게 무슨 상관이냐고요!"

"어떻게 이렇게 예쁜 걸 보고 그냥 지나칠 수 있겠어?"

"내일 우리 멀리 가야 한다고요."

"그래. 그전에 충전해야지."

두 사람은 식탁 주위를 뱅글 돌며 실랑이를 벌였다. 가까이 다가오는 그를 피해 뒷걸음치던 세영이 양손으로 뒤에 있는 식탁을 잡았다.

더 이상 피할 곳이 없자 그녀의 허리가 뒤로 젖혀졌다.

세영은 그의 가슴에 손바닥을 살짝 대고 짐짓 단호한 어조로 말했다.

"이러시면 안 됩니다, 고객님."

경호는 이 와중에도 고객님이라고 꼬박꼬박 부르는 세영의 입이 얄미웠다.

저 입은 조금 더 이따가 괴롭혀 줘야지.

그런 생각으로 씨익 웃으며 그녀의 어깨를 슬쩍 밀쳤다.

살짝 건드렸을 뿐인데도 세영의 등이 커다란 대리석 식탁 위로 눕혀졌고, 다리가 들리면서 발에 걸친 슬리퍼가 바닥 위로 떨어졌다. 정말로 살짝 밀쳤을 뿐인데도 말이다.

세영이 씨익 웃으며 새치름하게 말했다.

"고객님, 주방은 이런 용도로 사용하는 게 아닙니다."

"방금 내가 침대와 식탁의 공통점을 알아 버렸는데?"

"다분히 여성 비하적인 발언이고, 상스럽네요."

"무슨 생각을 하는 거야?"

경호는 치마와 함께 팬티도 끌어 내렸다. 그녀의 은밀한 곳이 여과 없이 다 드러났다.

세영은 맨 엉덩이가 차가운 대리석에 철썩 달라붙자, 반대로 엉덩이 사이가 뜨거워지는 것을 느꼈다.

"그럼 무슨 뜻으로 하신 말씀이죠?"

자신의 다리 사이를 바라보는 경호의 음란한 시선을 얄밉게 노려보다 그의 넥타이를 홱 잡아당겼다.

그와 눈을 마주친 세영은 턱을 치켜 올리며 도발하듯 말했다.

"침대와 식탁은 좋아하는 사람과 함께하는 곳이란 뜻이지."

"그럴듯하게 잘 피해 가시는군요."

이런 말로 감동할 세영이 아니라는 건 경호도 잘 알고 있었다.

하지만 상관없었다. 이제부터 그녀의 몸을 감동시켜 주면 되니까.

경호는 그녀의 블라우스를 양쪽으로 잡아당겨 버렸다. 단추를 푸는 시간 따위는 없었으니까. 후두둑 단추가 떨어져 나간 블라우스가 벌어지고 그녀의 하얀 살결과 새하얀 브래지어가 드러났다.

"이 옷, 제가 좋아하는 옷이에요."

"상관없어. 내가 모르는 옷이니까. 내가 전부 알아낼 거야. 우세영이 좋아하는 것, 싫어하는 것. 하나도 빠짐없이."

그렇게 스스로에게 하는 다짐처럼 부드럽게 속삭이던 경호가 그녀의 젖가슴을 가리고 있던 브래지어의 후크를 툭, 하고 건드렸다. 앞에서 채우는 브래지어는 그렇게 힘없이 경호의 손길에 벗겨지고 말았다.

세영은 다른 여자들처럼 이미 무엇을 할지 알고 있으면서 내숭을 떨거나 하지 않았다. 오히려 유혹하듯 가슴을 조금 더 내밀며, 어디 한번 해 보라는 듯이 턱을 치켜 올렸다.

"그럼 내 부탁 한 가지만 들어줘요."

"와. 거래하자는 거야? 이게 거래가 돼? 서로 좋자고 하는 건데?"

"누가 더 손해일 것 같아요?"

"좋아. 뭔데?"

"내일 말해 줄게요. 무조건 들어준다고 해요."

경호는 그녀의 도발이 그저 귀엽게만 느껴졌다. 저보다 한참 어린 여자여서일지도 몰랐다.

그는 보란 듯이 그녀를 다시 식탁 위로 눕히고 가슴을 향해 고개를 숙였다.

꼿꼿이 고개를 치켜든 발칙한 유두에 그의 이가 닿았다. 너무 차가워서, 너무 뜨거워서, 구분할 수 없는 찌르르한 통증이 유두를 꿰뚫고 지나갔다. 세영은 자신만만하게 내밀었던 가슴을 웅크렸다.

"흣! 아파요!"

"아픈 건 잠깐이야."

그러면서 그는 기어이 나머지 유두마저 깨물고 말았다. 아품에 부르르 떠는 유두는 더욱 시뻘겋게 도드라져 먹기 좋은 열매처럼 보였다.

잘 여문 그것은 살짝만 건드려도 터질 것처럼 기대감에 가득 차 떨고 있었다. 그 모습을 보며 경호는 장난기 가득한 미소를 지었다.

그가 이렇게 웃는 모습을 본 적이 있었던가?

세영은 그에 대해 아는 게 별로 없음을 새삼 깨달았다. 이런 순간에서조차 낯선 모습을 발견할 정도니까. 하지만 그래서, 그 낯선 이성의 느낌에 더 설레는 게 아닐까.

배꼽 아래가 조여들고 뜨거운 무언가가 안쪽에서부터 흐르는 듯했다. 표정 하나에 흥분할 만큼 그는 섹시했다.

세영의 이런 변화를 그가 느끼지 못할 리가 없었다. 가빠진 숨소리에 맞춰 더 크고 빠르게 오르락내리락하는 가슴의 기복을 못 볼 리가 없으니까.

경호는 고개를 숙여 살짝 벌려진 입술에 입을 맞췄다. 가벼운 입맞춤 후 그는 그녀의 귓가로 입술을 옮겨 훅, 하고 바람을 불어 넣었다.

뜨거운 숨결이 안으로 파고들자 그녀는 애타는 몸짓으로 꿈틀거렸다. 가슴이 출렁거리고 그가 달궈 놓은 유두 역시 파르르 떨렸다. 경호는 떨리는 그것을 입에 덥썩 머금었다.

"아……홋!"

경호가 입에 문 유두를 사탕처럼 혀로 굴리며 빨자 세영은 참지 못하고 신음을 흘렸다.

'아, 이래서 깨물었구나!'

그녀의 몸은 마치 살갗이 한 꺼풀 벗겨진 것처럼 예민하게 달궈져 있었다.

살짝만 건드렸는데도 온몸이 팽팽하게 당겨지고 머릿속은 오로지 끈적거리는 감각만으로 가득 차 버렸다.

이제 경호는 혀를 내밀어 세영의 배꼽 주변을 핥았다. 그녀의 배가 간지러움을 피해 꿈틀거렸다. 에어컨이 작동되는 탓에 서늘한 공기가 그의 타액을 순식간에 차갑게 만들었다.

덕분에 세영의 살결에 오소소 소름이 돋았다. 그러나 그의 손길이 닿을 때마다 그녀의 살결은 거짓말처럼 다시 고와졌다. 그러다 불쑥 커다란 손이 그녀의 아래로 파고들어 촉촉해진 엉덩이를 움켜쥐었다.

"아……!"

대리석 식탁에 찰싹 달라붙어 있던 그녀의 엉덩이는 땀으로 얼룩져 촉촉하게 그의 손바닥에 들러붙었다.

"엉덩이가 땀에 젖었어."

"이, 이런 데서 하니까 그렇죠."

"이런 데서 하면 더 젖는 타입인가?"

경호는 은밀한 속삭임으로 그녀를 놀리며 통통하고 말랑

한 엉덩이를 쥐어짜듯 세게 움켜잡았다. 그러다가 손바닥은 그대로 두고 엄지손가락만으로 그녀의 다리 사이, 이슬을 머금은 말캉한 그곳을 힘주어 문질렀다.

"아웃!"

갑작스런 공격에 놀란 세영이 다리를 세우고 손을 내려 본능적으로 그의 손을 치우려 했다. 하지만 가랑이 사이로 손을 집어넣는 모양새는 더 유혹적일 뿐이었다.

경호는 그녀의 손을 잡아 머리 위로 올렸다.

"……너무해요!"

"앙탈은."

물기로 미끈거리는 그곳이 그의 엄지손가락을 삼켜 버릴 듯이 오므라들곤 했으니, 그녀의 수줍은 몸짓은 그저 애교와 내숭에 지나지 않았다. 꾹꾹 눌러 대던 엄지를 갈라진 살결을 따라 문지르자 그녀는 연신 엉덩이를 들썩이며 무릎을 들어 올렸다.

손가락은 어느새 무자비하게 꽃잎을 가르고 안으로 들어가 숨겨져 있던 딱딱한 씨앗을 찾아냈다.

"흐으으읍!"

그렇지 않아도 이미 통통하게 부풀어 오른 클리토리스를 버튼 누르듯이 꾹 누른 채 문지르자, 세영은 숨이 넘어갈 듯 신음하고 몸을 비틀었다. 꽃잎을 흔드는 작은 진동이 그녀의 몸 전체를 떨게 만들었다.

"으흠! 아, 아흐읏!"

발버둥 치며 연신 열망에 가득한 신음을 터트리던 세영이 마침내 참을 수 없다는 듯이 벌떡 튀어 올랐다. 그리고는 경호의 목덜미를 껴안고 그의 입술에 자신의 입술을 비벼 댔다.

성급하게 시도한 입맞춤에 그의 입가가 타액으로 끈적끈적해졌지만 그는 오히려 그 서툰 입맞춤에 흥분하고 있었다. 자꾸만 어긋나는 그녀의 혀를 쫓고 벅차오르는 숨을 나누었다.

입술에서 목덜미로 미끄러진 혀가 가슴 사이를 핥았다. 젖가슴에 파묻힌 코가 우유 향을 맡았다. 그럴 리가 없는데 그녀의 가슴에서는 달콤한 우유 냄새가 났다. 그리고 유독 더 짙고 은밀한 냄새가 그를 더 아래로 유인했다.

"하아!"

경호는 다시 그녀의 등을 아래로 눕히고 늘씬한 허벅지를 당겨 번들거리는 그녀의 속살이 저와 시선을 마주하도록 만들었다.

게슴츠레한 세영의 눈동자는 흥분으로 촉촉해졌고 입술은 기대감에 달싹거리고 있었다.

그는 그녀의 기대를 배신하지 않았다. 망설임 없이 젖어 있는 그녀의 속살을 헤집고 혀를 밀어 넣은 것이다.

"하윽!"

더럽게만 느껴지는 자신의 그곳을 불쑥 미끈한 혀가 침범해 오자 세영은 아찔한 쾌감에 아무 생각도 할 수가 없었다.

몸을 꼬며 그를 밀치려 했건만, 너무 좋아서 아무것도 하지 못하고 모든 감각을 다리 사이로 집중하고 느끼고 또 느꼈다.

말캉하면서도 힘 있는 그의 혀가 자신의 시뻘건 속살에 들러붙어 유연하게 핥고 뾰족하게 찔러 대는 그 느낌을.

경호는 벌어진 꽃잎 사이를 길게 핥으며, 코를 찌르는 그녀의 뜨거운 체취를 들이마셨다. 그의 코끝이 부끄러운 속살에 파묻힐 때마다 세영의 몸이 수줍게, 그러나 한껏 기분 좋게 들썩였다.

그는 그럴 때마다 왈칵 흘러나오는 애액까지 모두 빨아들이며 그녀에 대한 사랑을 아낌없이 표현했다.

"경호 씨…… 이제 그만……."

이제 그만 어쩌라는 걸까. 여기서 그만두라는 말은 아닐 것이다.

경호는 입술을 떼고 그가 방금 입을 맞춘 그녀의 또 다른 입술을 바라보았다.

붉고 도톰한 입술 사이로 손가락 두 개를 찔러 넣었다. 손가락은 그녀의 내벽을 파고들며 긁어 댔다.

"하아앗! 조, 좋아요!"

참을 수 없는 쾌감에 그녀는 솔직하게 소리를 내질렀다.

한참이나 그녀의 몸을 제멋대로 적셔 놓은 그는 젖어 버린 자신의 손을 거두었다. 그리고 그 손으로 여유롭게 단추를 풀어 탄탄한 가슴과 복근을 자랑스럽게 드러냈다.

세영은 차마 벨트를 푸는 그의 모습을 똑바로 보지 못하고 고개를 돌렸다. 그러자 경호의 손이 그녀의 턱을 돌려 자신을 마주 보게 했다.

"진짜 부부가 되는 거야."

"……."

"대답해야지?"

그가 어서 들어와 안을 채워 주기만을 바라는 그녀의 몸은 몇 초의 기다림조차 초조해하고 있었다.

"처음부터 하아…… 진짜 부부였어요."

그녀의 말에 그의 입꼬리가 스윽 올라갔다.

얼마나 고마운 대답인가.

빳빳하게 서 있는 페니스는 이미 한계였다. 그녀의 엉덩이 골 사이로 미끄러지듯 페니스를 문질렀다. 페니스 끝이 클리토리스를 찔러 대자 그녀의 여성이 안달 내듯 움찔거렸다.

"흐으윽."

"흡!"

마침내 그녀의 입구로 그의 것이 머리를 들이밀었다. 상상했던 것 이상으로 뜨거웠던 두 사람은 동시에 신음을 터트렸다.

이미 충분히 적셔 놓았음에도 그녀의 여성은 그의 우람한 페니스를 꽉 조여 왔다. 하지만 곧 그의 것은 뿌리까지 그녀에게 박혔다.

그녀의 내벽이 벌떡거리며 그의 것을 삼켰다고 해도 좋을 만큼 두 사람은 꼭 끼워 맞춰져 하나가 되었다.

잠시 그렇게 온몸을 훑고 지나가는 짜릿한 뜨거움을 맛본 후에 그는 서서히 허리를 움직이기 시작했다.

찰박. 찰박. 젖은 살이 부딪쳐서 만들어 내는 소리가 세영의 비음 섞인 비명과 함께 울려 퍼졌다. 앞으로 함께 밥을 지어 먹고 그릇에 부딪치는 수저 소리가 들려야 할 이곳에서 말이다.

이 와중에도 경호는 이 행복하고 짜릿한 경험이 식탁에 앉을 때마다 떠오를 거라 생각하니 더욱 흡족해졌다.

"아아윽! 하아! 흐으읏! 아으흑!"

세영의 비명이 높고 날카로워졌다. 그에 맞춰 경호의 허리도 더욱 깊숙이 그녀를 향해 내밀어졌다. 서로의 살갗이 세게 맞물려 부딪치고 폭발하는 절정에 모든 것을 내려놓았다.

"하아, 하아아!"

벅찬 숨을 몰아쉬며 무너지던 경호는 아직도 절정의 여운에서 벗어나지 못한 세영의 몽롱한 눈빛을 바라보았다. 자신이 이토록 아름다운 표정을 짓도록 만들었다.

내 여자.

그 사랑스러운 얼굴에 그의 손끝이 닿았다.

크라브첸코는 자신의 눈을 의심했다.

「미스터 한?」

「저희가 좀 늦은 겁니까?」

늦어서가 아니었다. 크라브첸코의 눈앞에 나타난 두 사람 중 한 사람은 자신이 아는 한경호가 맞았다. 그런데 그의 옆에 있는 가이드 여성의 복장이 크라브첸코를 놀라게 한 것이다.

두 사람은 똑같은 옷을 입고 있었다. 하트가 그려진 분홍색 티셔츠와 하얀 반바지. 거기에 샌들까지.

한여름 피서객들 중에서도 커플임을 만천하에 공개하는 그런 복장이었다.

「미스터 한도 그런 옷을 입는군요. 게다가……」

「예. 제 와이프입니다. 역사 문화 방면에 지식이 많아서 가이드를 해 주기로 했습니다.」

크라브첸코의 시선이 세영에게 향하자 경호는 재빨리 그의 궁금증을 해결해 주었다.

「오! 역시! 똑같은 옷을 입고 있기에 혹시나 했어요! 신혼? 혹시 그때 그 공항에서 온 전화가……」

「아. 그 전화 때문에 결국 결혼을 했습니다.」

「이런! 축하합니다. 미스터 한! 그리고…… 이쪽, 와이프……」

경호가 세영의 소개를 해 주려는데 크라브첸코는 요란스러운 제스처로 뭔가 떠올리려고 애쓰더니 크게 손뼉을 치며 외쳤다.

「할아버지! 할아버지. 맞죠? 이분 이름이 할아버지. 분명히 그때 그렇게 들었거든요! 하하하.」

세영을 가리킨 그가 할아버지라고 세 번이나 말하자, 경호는 그가 무슨 오해를 하고 있는지 알아차렸다. 하지만 러시아말을 모르는 세영은 표정을 관리하기가 힘들었다.

"할아버지? 지금 이, 이분이 저한테 할아버지라고 하시는 거죠? 그거 무슨 뜻이에요? 저더러 지금 할아버지처럼 생겼다는 건가요? 아니면 늙었다는 거예요? 그냥 농담이죠?"

"……풉! 하하하하!"

"웃지 말고, 뭔지 얘기를 해 줘요!"

"궁금하면 옷 갈아입게 해 줘."

"뭐든 들어주기로 했으면서 계속 옷 가지고 트집 잡을 거예요?"

"'뭐든'이라는 내 생각의 범주에 이 옷은 없었어. 애들처럼 이게 뭐야?"

"좋잖아요. 젊어 보이고! 그리고 편하고. 시원하고! 여행 갈 때 이보다 더 좋은 복장이 어디 있어요?"

"편한 게 좋으면 아예 벗고 다니지? 시원하고 훨씬 나을 텐데."

"자꾸 그러면 진짜 벗겨 버리는 수가 있어요."

"옷은 원래 편하려고 입는 게 아니라는 뜻이야."

"네. 경우에 맞게 입는 거죠. 그리고 우리는 지금 놀러 가는 거라고요!"

"남자한테 분홍색 하트 옷을 입혀 놓고 경우에 맞다고 하는 거야?"

"커플 티잖아요. 그리고 왜 분홍색에 편견을 둬요?"

두 사람의 말다툼은 멈출 기미가 보이지 않았다. 출발부터 삐걱대는 두 사람을 불안한 눈동자로 살피던 크라브첸코가 슬그머니 끼어들었다.

「크흠! 미, 미스터 한?」

「아! 미안합니다. 제가 그만 추태를 보였습니다. 싸우는 건 아니니까 염려 마세요. 손님을 앞에 두고 실례했군요.」

「아니에요! 오히려 뭐랄까. 보기 좋아요.」

「네?」

「글쎄, 내가 알던 미스터 한의 모습도 꽤 멋졌지만, 오늘은 더 좋은 사람처럼 보이는군요. 뭐라고 딱 꼬집어 말할 수는 없지만.」

「전 알 것 같습니다. 아마 제 옆에 있는 이 여자 때문이겠죠.」

여태 격렬한 언쟁을 벌여 놓고선 언제 싸웠냐는 듯이 경호는 세영의 어깨를 감쌌다.

세영도 입을 삐죽거리긴 했지만 웃는 표정으로 그에게 기댔다.

「우세영이라고 합니다. 저한테 과분할 만큼 좋은 여자죠. 아마 크라브첸코 씨도 반하게 되실 겁니다.」

크라브첸코는 자신만만한 경호의 말에 크게 웃으며 고개를 끄덕였다.

"뭐라고 했어요?"

"궁금하면 이 옷 좀 벗자."

"그만해요. 확 벗겨 버리기 전에!"

"그건 이따가 호텔에서 하자."

두 사람이 처음으로 함께하는 여행이 이렇게 시작되고 있었다.

그리고 이 여행 덕에 새로운 가족이 생길 거라는 건 두 사람 모두 두 달 뒤에나 알게 될 것이다.

—fin

작가 후기

안녕하세요. 이렇게 또 한 권의 책을 마무리 짓게 되었습니다.

처음에는 그저 글을 쓰는 게 좋아서 아무 생각 없이 즐겁게 쓰는 것으로 시작했었습니다. 비록 몇몇 분이지만 제 글을 재미있다고 해 주시는 분들이 계시면 덩달아 더 신이 나곤 했죠. 그렇게 지금까지 네 권의 책을 낼 수 있었습니다.

그런데 갈수록 글을 쓴다는 책임감이 무겁고 어려워져서 조금 쉬는 게 좋을 것 같다는 생각이 듭니다. 그래서 다음 글은 또 언제가 될지 기약하기가 어렵습니다.

어쩌면 마지막 글이 될 것 같은 '친애하는 고객님'을 이렇게 보내게 되서 시원섭섭한 기분이 드네요. 늘 최선을 다한 다고 생각하지만 늘 부족한 글로 만나 뵙게 되어, 이번에도 이렇게 부끄럽습니다.

책이 나오기까지 우여곡절이 참 많았는데, 끝까지 저를 달 달 볶아 준 [그녀의 서재] 작가님들과 실시간으로 감시해 준 손 팀장님 덕분에 이번에도 무사히 출간했습니다. 다들 너무 감사했습니다.

마지막으로 로맨스를 사랑하는 독자님들도 늘 행복하시길 바랍니다.

—2015년 5월 19일
크로키 올림.